異能捜査員・霧生椋 2
—白峰荘の人体消失—

三石 成 Sei Mitsuishi

アルファポリス文庫

https://www.alphapolis.co.jp/

――異能係《いのうがかり》。

霊能力者に主導権を委《ゆだ》ねて捜査を行う、警察に新設された特別捜査チームの通称である。

ＦＢＩ内にある特別霊能班、略称『ＳＰＴ』の目覚ましい活躍を受け、その仕組みを日本に輸入する形で実験的に作られたのだが、約九ヶ月前に小さなチームが発足して以降、常識の観点から外れた難事件をいくつも解決に導いていた。

外部パートナーとして契約を結んでいる霊能力者を守るため、また捜査を妨《さまた》げないようにするため、捜査員などの詳細情報には報道規制がかかっている。

しかし、その認知度と注目度は、インターネットのディープな界隈を中心に少しずつ増加していた。

第一章　捜索者

1

目の前には書きかけの遺言書があった。

マホガニーの重厚なデスクの上で万年筆を動かし、象牙色《ぞうげいろ》をした上等な紙に文字を刻み込んでいく。金色のペン先から伸びていくのは、深いブルーブラックのインクだ。

遺言書の内容を要約すれば、『自分の全財産を、娘の城之内皐月《じょうのうちさつき》に相続させる』というものである。間違いがないようにするため筆跡は丁寧で、綴《つづ》る内容にはいっさいの迷いがない。『城之内大悟《だいご》』と署名し、最後に日付を書き入れようとした、そのとき。

遺言書の作成に集中していた視界を、上から降るようにやってきたロープがよぎった。今のはいったい何だったのかと戸惑った次の瞬間、強制的に体が動きはじめる。デスクに座っていたところから無理やり立たされ、限界を超えてさらに体が引き上げられていく。混乱から意味もなく両腕を暴れさせるが、右手には万年筆が握られたままだった。

床から足が離れ、完全に宙吊りになった体は振り子のように揺れはじめる。揺れに伴《ともな》って体が回転し、遺言書を置いていたデスクではなく、部屋の様子が見通せるようになった。

そこにいたのは、両手でロープを握る中年女性だ。

丹念な化粧を施された彼女の面立ちは美しく若々しいが、目尻や口元の皺から実年齢が微かに窺《うかが》える。ロープは高い天井の下を横切る立派な梁《はり》に取り付けられた滑車を通り、自分の首元へとつながっている。

中年女性は、ゾッとするほど冷たい眼差しでこちらを見上げていた。鮮やかな真紅のルージュが塗られ、笑みを浮かべれば華やかな印象が広がるはずの顔には、いっさいの表情がない。

彼女へ向け必死に腕を伸ばすが、助けの手が差し伸べられることはなく、もがくたびに体の揺れが激しくなるばかりだ。

中年女性はロープを手放すと、宙吊りになったままの体の側を通っていった。デスクの上に広げられた遺言書を一瞥し、鷲掴みにすると、両手でグシャグシャと握り潰す。

視界が次第にぼやけ、暗くなっていく。

ふと、手にしたままだった万年筆を取り落とした。

万年筆は中年女性の襟元を掠《かす》めて青黒い線を残し、さらに落ちていく。それが床の上に転がるところを見届ける前に、あたりは完全なる暗闇に呑まれていった。

幻覚が終わった。

「……っ」

視界の揺れと共にバランス感覚を失っていた椋《りょう》の体は、視界が自分のものへと戻ってきた瞬間によろめいた。そのまま倒れ込みそうになったところを、背後から伸びてきた腕によってすかさず支えられる。

「大丈夫ですか？」

視線を向けると、そこには椋の顔を心配そうに覗き込む女性の姿があった。

彼女の名前は伊澤澪《いざわみお》。三十一歳で、異能係に所属する刑事の一人である。リップラインで切り揃えられたショートボブの黒髪と、ノーメイクでありながらはっきりした目鼻立ちが凛とした印象だ。

「いつもすみません、伊澤さん」

椋は短く返事をすると姿勢を正し、改めて部屋の中の様子を確認する。

そこは、先ほど幻覚で見ていたものと変わりない、高級感溢れる調度品に囲まれた書斎だ。書斎と言っても、一般家庭であれば家族全員が集うリビングほどの広さがある。天井が高く、立派な梁《はり》が剥《む》き出しになっている。

構造上のものでありながら、インテリアの一部として取り入れられていることがわかるお洒落な梁《はり》だが、今から一週間前にとんだ曰《いわ》く付きのものになってしまった。

屋敷の主人である城之内大悟がロープをかけ、首を吊った姿で発見されたのだ。

第一発見者は大悟の娘である皐月。そのときすでに大悟の体は冷たくなっており、彼女は大悟の体を下ろすことなく通報。駆けつけた救急隊員によって死亡が確認された。

部屋の中に踏み台として使ったであろう椅子が転がっていたことと、死亡推定時刻に書斎に近寄った人間がいないことから、はじめは大悟本人による首吊り自殺と考えられていた。しかし、『とても自殺をするような素振りはなかった』という皐月の証言をきっかけにして、異能係による捜査が入ることになったのだ。

そして、自殺に見せかけた工作に隠されていた真実は、椋がたった今見ていた幻覚にすべて映り込んでいた。

椋は、『人が死んだことのある場所を目にすると、その場所で死んだ者が最期に見ていた光景が自分の網膜で再生される』という特殊能力を持っていた。つまり椋が今見ていた幻覚は、この書斎で死んだ大悟が死の間際に見ていた光景そのものなのだ。

「椋くん、『断末魔《だんまつま》の視覚《ヴィジョン》』が見えたんだね？」

横から声をかけてきたのは、ベテランの風格が漂う四十五歳の男性。職業を申告されなくとも一目で刑事だとわかる彼は、真崎宰《まさきおさむ》。異能係の係長だ。

彼の言った『断末魔の視覚』とは、異能係に協力する別の能力者が、面白半分で椋の特殊能力につけた名称である。

「はい、見えました。内容をご説明します」

椋は頷いて、真崎の方へ向き直る。

そのタイミングで、伊澤は黒いシルクで作られた目隠しを椋へ差し出した。それはゴムを耳にかける一般的な形状のアイマスクとは異なり、目元に当たる部分は顔にフィットする形状に加工されていながらも、一枚の帯状になっている。

「霧生《きりゅう》さん、目隠しを」

「ありがとうございます」

椋は受け取った目隠しを目元に当てると、後頭部でリボンを結んで固定する。

この目隠しは、長時間装着し続けても椋の耳や目に負担がかからないように考慮して作られていた。なぜならば、椋は入浴時などを除《のぞ》いたほとんどの時間を目隠しをして過ごしているからだ。

椋は、自身の持つ『断末魔の視覚』の能力を制御できておらず、どのような場所でも幻覚を見てしまう。

能力で拾い上げてしまう死の範囲は広く、過去には侍らしき姿も見たことがある。人が死ぬ直前に見る光景には凄惨なものも多く、不意に見てしまうと精神的な負担は計《はか》り知れない。よって、椋は目隠しをつけ、視覚を完全に塞《ふさ》いで生活を送ることを余儀なくされていた。

人間は、五感による知覚情報の八十パーセント以上を視覚から得ているという話もある。視覚に頼らず暮らしていくのは容易なことではなく、椋は通常の仕事をこなすことはできなかった。

そこで、去年より試験的に警察に設置された、特殊能力を用《もち》いて捜査を進める異能係という部署で、外部パートナーとして働いているのだ。

椋が目隠しを装着し終えると、伊澤はタイミングを見計らい、木でできた一般的な形状の杖を椋の手元に自然な流れで差し出した。白杖《はくじょう》ではないが、椋が歩くときに足元の確認をするものだ。

杖を受け取って落ち着くと、椋は改めて説明をはじめる。

「まず、大悟さんは自殺ではありません。死の直前まで、ここにあるデスクで遺書を書いていました」

「遺書を書いていたのなら、いっそう自殺ということにならないかい？　そもそも、この部屋で遺書など見つかっていないが」

「真崎さん」

説明の途中で口を挟んだ真崎を咎《とが》めるように、伊澤が名前を呼ぶ。

「すまない。つい気が急《せ》いてしまって」

真崎は謝罪の言葉を口にしたが、椋は大丈夫だと示すように軽く首を横に振った。

「遺書と言っても、その内容は、これから自殺しようとする者が書くようなものではありませんでした」

「内容も見えたのかな？」

「はい。要約すると、『自分の全財産を娘の城之内皐月に相続させる』といったものでした。大悟さんほどの資産家であれば、自分が生きているうちに、死後に財産をどうして欲しいのか、その意思を伝えるために遺書を残しておくのはごく自然なことだと思います」

「なるほど、遺書というより遺言書か」

真崎が納得したように頷いた。椋にはそのふたつの違いがわからなかったが、意図は伝わったようなので説明を続ける。

「それを書いている途中で突然ロープが目の前をよぎり、体が上昇しはじめました。つまり、背後から首にロープをかけられ、そのまま宙吊りにされたのだと思います」

頭上から顔の前をよぎり、首に当たるロープの動きを、椋は手を使ったジェスチャーで示してみせる。

「体が回転し、宙吊りになった状態で書斎の中を見ることができましたが、そのとき部屋には、ロープの先を持って引っ張っている礼子《れいこ》さんがいらっしゃいました」

礼子とは、大悟の後妻である。今この部屋に礼子はいないが、椋は屋敷へ来る前に、事件関係者の顔を写真で見て頭に入れてきている。ヴィジョンで見た、華やかな印象の中年女性は城之内礼子で間違いないと断言できた。

「礼子さんが犯人ということだね？　しかし、彼女の力で男性である大悟さんの体を引き上げることができたのかい？」

「ロープに小さな滑車のようなものがつけられているのが見えました。彼女がロープから手を離しても大悟さんの体が落ちていかなかったことから、ブレーキ機構がついたものです」

「腕力の少なさを事前準備でカバーしたわけか」

「そうですね。滑車の原理を使って、彼女の力でも大悟さんの体を引っ張り上げられるようにしていたのだと思います。知識と、梁《はり》にロープをかけ、滑車をかませる準備時間があれば可能です」

「遺言書を書いている背後で、そのような細工をされていて気にならないものだろうか」

真崎からの質問に、椋は自身の形の良い顎《あご》に軽く指先をかける。俯《うつむ》くと、サラサラと音がしそうな繊細で艶《つや》やかなストレートの黒髪が頬にかかった。椋の整った顔立ちは、目隠しでも覆い隠せないほどに美しい。

「……あ」

ふと、椋の薄めの唇から小さく声が漏れる。屋敷についてから今まで、捜査で聞いていたことの中で思い当たる節があったのだ。

「たしか、事件があった日の昼頃に、お手伝いさんが大悟さんの補聴器を預かったという話をしていませんでしたか？」

「そういえば言っていたな。朝から補聴器が壊れてしまったようだから修理のために預かったとか。なるほど、大悟さんは補聴器をつけていなかったから、背後で準備をされていても、物音に気づくことができなかったのか」

「補聴器の故障も偶然ではなく、城之内礼子が細工をした可能性もあります。補聴器を回収し、鑑識に回します」

伊澤が付け加えた言葉に真崎は頷き、それから眉を寄せた。

「残る問題は、どうやって人に気づかれずに書斎へ出入りしたか、か」

この書斎は屋敷の母屋から独立した離れの作りになっていて、庭を通らねば入れない。

しかし、庭で仕事をしていた庭師の山口修一《やまぐちしゅういち》が、大悟の死亡推定時刻にあたる十五時から十六時まで、書斎に近づいた者は誰もいないという証言をしていたのだ。

加えて、屋敷の中で働いていた家政婦二名が、その時間帯に修一が庭から離れていないことを保証している。発見当初、大悟が自殺をしたのは間違いないと考えられた大きな要因である。

そのとき。ずっと書斎にいながらも、今まで黙って話を聞いていただけの男が軽く手を上げた。

「それでしたら、簡単な話です」

一週間前に首吊り死体が発見された現場には不釣り合いな、爽やかすぎる笑みを浮かべてそう言った男は、宮司紫王《ぐうじしおう》という大仰な名前を持った霊能力者である。

地元では有名な御嶽《おんたけ》神社の宮司を代々務めてきた家系の生まれで、警察上層部からの推薦があって異能係の外部パートナーをしている。言うなれば霊能力者のサラブレッドだ。

しかし、紫王本人は『霊能力者』という言葉の持つ印象からはかけ離れていた。

西洋風のはっきりとした目鼻立ちに、人当たりの良い『陽』の雰囲気を持っている。明るい茶髪には強めのウェーブがかけられており、スタンドカラーのストライプシャツが似合う二十四歳の若者である。

「トリックがわかったのかい?」

真崎に問いかけられ、紫王は軽く息を漏らして笑う。

「トリックなんてありませんよ。ただ単純に、誰も書斎には近寄らなかった、と証言をした庭師の修一さんが嘘をついているんです。礼子さんが犯人だと知った上で、庇《かば》っている」

「そうおっしゃる根拠はあるんですか?」

質問をしたのは伊澤だ。伊澤が紫王へ向ける口調が他の者に対するものよりも強いのは、いつものことである。

紫王は伊澤へ視線を向けてから、声量を下げた。

「礼子さんは、修一さんとただならぬ関係にあります。おそらく不倫関係でしょう」

人間関係の込み入った話になると、椋は軽く息を漏らした。紫王はそんな椋に視線を移して話を続ける。

「椋さんのヴィジョンによると、大悟さんは全財産を皐月さんに相続させるという内容の遺言書を書いていた。この遺言書が完成して一番困るのは、本来なら遺産の半分を受け取ることができるはずだった礼子さんだ。そして、礼子さんと不倫関係にある修一さんにとっても、彼女が遺産を受け取れないのは面白いことじゃない。このタイミングで大悟さんが死ぬのは、修一さんにもメリットになります」

当人たち以外に知り得ないことをスラスラと語っているが、もちろん適当に話しているわけではない。

紫王は、直接出会った人間の守護霊と会話することができる『スピリチュアルトーキング』という特殊能力を持っていた。実際に声を出して話をするのではなく、第六感で存在を感じ取るのである。

守護霊は、その人間のことを最も気にかけている死んだ人間だ。元人間なので性格は様々であり、黙秘することもあれば嘘もつく。加えて、憑いている人間を守るために存在しているので、本人の不利になるようなことをペラペラ語りはしない。

つまり、犯人の守護霊に「この人が犯人ですか」と聞いたところで基本的に答えはしないのだが、それでも現世に縛られない存在である守護霊は、紫王に多くの情報をもたらしてくれる。

「断定はできませんが、礼子さんが修一さんと不倫関係にあることを、大悟さんは知っていたのだと思います。礼子さんも知られていることを知っていた。大悟さんが以前から遺言書を用意していたのかはわかりません。新たに遺言書を作る気になったのか、書き換える気になったのか。いずれにせよ礼子さんに、『お前に財産は渡さない』などと、そんなことを伝えたのかもしれませんね。それが動機に繋がった」

紫王が語り終えると、納得したように真崎が深く頷く。

異能係の捜査方法は特殊で、関係者を全員現場に集めた上で、事件発生当日の様子を時系列に沿って再現していくという手法をとっている。

この捜査方法を望んだのが紫王である。紫王は、再現の中で時間をかけて関係者全員の守護霊と対話を進め、守護霊を含めてすべての人の反応を見ながら情報を掴んでいくのだ。また、実際に事件当日の様子を再現することで、椋や、真崎をはじめとした刑事たちを含めた全員が、事件の状況を正しく認識できるというメリットもあった。

今日も異能係は、朝から事件が発生した屋敷で、事件当日の再現を進めていた。

現在時刻は十八時。事件当日は、大悟の死体が発見され、救急隊員が駆けつけて処理を進めていた頃だ。これ以上当日の再現をする必要はないため、関係者たちを退室させ、椋の能力で現場を見ていたのだ。

そして今、二人の能力者が得た情報の集約が終わった。

「修一さんは礼子さんと協力関係にある。そのため、彼の『誰も書斎には近づかなかった』という証言は無効。礼子さんが大悟さんの殺害に至った動機は、遺産の相続について。殺害方法は、ブレーキ機構がついた滑車を用《もち》いて、背後から首にロープをかけて引き上げるというもの。大悟さん殺害後は梁《はり》にロープを結び直して滑車を回収し、自殺に見せかける……と」

手帳を開き、メモをしながら真崎が話をまとめた。

「事件の概要としてはこういうことだろうか。何か確たる証拠が欲しいな。補聴器に細工が残っているか、犯行に使った滑車が見つかるといいのだが」

真崎が最後に付け加えた言葉に、椋はヴィジョンの中で見ていたものを思い出す。

「それでしたら、礼子さんのクローゼットから、丸襟にレースがついた白いシャツを探してください。上等そうなものでした。背中側の襟のところに、大悟さんが使っていたブルーブラックのインクの染みがついていると思います」

「どうしてそのようなところにインクの染みが？」

「大悟さんは亡くなる直前、手に持っていた万年筆を落としました。それが、デスクの上にあった遺言書を回収するために、すぐ近くに立っていた礼子さんの襟を掠《かす》めて行ったんです。万年筆のインクの染みはなかなか落ちませんから、捨てられていなければ証拠になるはずです。普通に生活していれば、襟に万年筆のインクなんてつきませんし」

「処分するにしても、上等なシャツを捨てれば目立つでしょう。家政婦が何か知っているかもしれません。そちらも合わせて聴取します」

伊澤が応《こた》え、真崎は頷く。

「そうだな。犯人逮捕には十分な証拠が揃えられるだろう。これで事件が解決できるよ、ありがとう、椋くん、紫王くん」

「今回も無事に捜査が済んでよかったですよ。では僕たちは、今日はこれでお役御免でしょうか」

肩から力を抜き、ほっとした表情を浮かべて紫王が問いかける。

どのような現場の捜査だろうが、どれだけ事件関係者たちから煙たがられようが、紫王は常に飄々とした様子を見せる。しかしそんな紫王であっても、殺人事件の捜査にあたって、何の気負いもないというわけではないのだ。犯人が見つかり自分の仕事が果たせたとなれば、肩の荷も降りる。

「うん、お疲れ様。霊能捜査についての説明を求められるかもしれないから、逮捕までは立ち会ってもらえるかい？　椋くんも」

「大丈夫ですよ」

「はい、もちろんです」

椋と紫王が快諾する。

真崎は頷くと、今度は伊澤へと声をかけた。

「伊澤、その後のことは丸山《まるやま》と君に任せてもいいかい？　犯人の連行のために応援を先に呼んでおいてくれ。わたしは、ここまで乗ってきた車で椋くんを送り届けてしまうから」

丸山とは、異能係に所属する別の刑事だ。この現場にも同行してきたのだが、今はリビングで容疑者たちと待機している。

「了解しました。お任せください」

伊澤が姿勢を正し応《こた》える。

椋は運転免許を持っていない。そもそも視覚を塞《ふさ》いでいる椋に車の運転は不可能であるため、大抵は異能係の誰かに家から現場までの送り迎えをしてもらっている。

「あの、何だかすみません。俺のことは署まで送ってもらえれば大丈夫です。今の時間なら、そろそろ広斗《ひろと》の仕事が終わると思うので、ついでに迎えに来てもらいます」

椋が身の置きどころがない様子で言うと、そこに紫王が提案をする。

「署まででいいなら、椋さんのことは僕が送っていきましょうか？」

紫王は紫色のスポーツカーという非常に派手な車を乗り回しており、どの現場にも自分で愛車を運転して来ていた。

「ありがとう。しかし、わたしも先に署に戻って雑務を済ませてしまおうと思っているから、大丈夫だよ。そこまで紫王くんの手を煩《わずら》わせるわけにはいかないしね」

「それでしたら、真崎さんも一緒に僕の車で署まで連れていきますよ。実は、久しぶりに和鷹《かずたか》さんに会いたいと思ってたんですよね」

一度遠慮した真崎に、紫王は妙に朗《ほが》らかすぎる笑みを見せた。

和鷹というのも異能係所属のもう一人の刑事であり、苗字を宇城《うき》という。

宇城は基本的には現場に出ず、署内からのバックアップを主に行なっている。現場で霊能捜査をするだけの外部パートナーとは顔を合わせる機会が極端に少ないのだが、紫王は、以前顔合わせで宇城に会ったときから、彼に強い興味を示していた。

椋を署まで送っていくという今回の提案も、宇城に会う口実になるという思惑が半分ほど含まれている。

そんな紫王の思惑を察した真崎は、冷静沈着で大抵のことには淡々と対処する宇城が、紫王に絡まれると実に渋い表情をつくる様を思い出して軽く笑う。

「では、せっかくだからお言葉に甘えてしまおうかな」

それからリビングに戻って行われた容疑者たちへの説明は、真崎主導で進んだ。

洗濯に出されていた礼子のシャツの襟に、万年筆のインクがついていたことを家政婦の一人が証言。後で染み抜きをするために取り分けられていたシャツは、証拠として確保することができた。

暴かれていく真実に対して礼子がいっさいの否定も肯定もせず黙秘を貫いたことにより、逮捕劇は粛々と終わりを迎えた。

屋敷を後にし、駐車場へと向かっていた三人の背後から声がかかる。

「すみません！　真崎さん、霧生さん、紫王さん！」

名前を呼ばれ、紫王に腕を借りて歩いていた椋は足を止める。紫王と、後ろをついてきていた真崎も同様に立ち止まって振り向いた。

玄関から慌てた様子で出てきた声の主は、見る者に清楚な印象を抱かせる濃紺のワンピースを着た、ロングヘアの女性。殺害された大悟の娘である皐月だ。

皐月は三人の前まで走ってやってくると、上がった息を整えるように胸元を軽く手で押さえる。

「お引き止めして申し訳ありません。先程は礼子さんの逮捕に頭が混乱してしまって、うまくお話ができなかったので」

皐月は大悟の娘だが、前妻との子供であるため、礼子との間には血縁関係がない。捜査の間に見せていたやり取りでは、二人の仲は悪くない様子だったが、皐月は礼子のことを母とは呼んでいなかった。

言葉を途切れさせて一度大きく呼吸をすると、皐月は勢いよく、そして深々と頭を下げる。目隠しをしている椋はその姿を見てはいなかったが、彼女が頭を下げたときの勢いには、微かな風圧を感じるほどだった。

「お父さんの無念を晴らしていただき、ありがとうございました！」

「我々は、仕事をしただけですから」

真崎が表情を緩め短く応《こた》えるが、皐月は頭を下げたまま言葉を続ける。

「でも、どうしてもしっかりとお礼を言いたくて……父は、厳しいところもありましたが、だからこそ強い人でした。そんな父が自殺をするなんてことは信じられなくて。もし、父が本当に自殺をしたのなら、それほど苦しんでいることにどうして気づいてあげられなかったんだろうって、ずっと自分のことを責めていたんです」

切ない想いを語る皐月は、苗字は変えていないものの結婚しており、すでにこの屋敷を出ている。しかし、実の母親である前妻が亡くなってからは、週に一度は欠かさずに大悟の様子を見に屋敷を訪れていた。

そんな親孝行な娘が、あろうことか第一発見者として、父親が首を吊っているところを目撃してしまったのだ。その悲哀は察するに余りある。

「顔をあげてください」

真崎は皐月の肩に手を置いて促《うなが》した。

皐月はようやくそこで姿勢を戻し、今度は改めて三人を見ながら話す。

「礼子さんが逮捕されたことはとてもショックで、一番信頼していた礼子さんに殺されたときの父の悲しみを思うと複雑ですが。でも……それでも、父が何かに絶望して自ら命を絶ったわけではないのだとわかって、私はよかったと思っているんです」

「残された者には、真実を知る権利と義務がありますから」

真崎が重みのある声で相槌を打つ。

「はい。他人にも自分にも厳しい父でしたから、自殺をしたなんて思われているのは、きっと、悔しかったはずです。だから、父の無念を晴らしていただき、ありがとうございました」

黙って皐月の話を聞いていた椋は、紫王に、彼の腕にかけていた自分の手をトントンと軽く叩かれて顔を上げる。紫王はその仕草で、言外に『よかったですね』と伝えてきているのだ。

過去に大きなトラウマがある椋にとって、殺人現場で、殺された人が最期に見ていた光景を目撃するのは、非常に辛いことだ。それでもなお警察に協力を続けているのは、自分の能力が誰かの、特に被害者遺族のためになると信じているからである。

そして、そんな椋の事情を、紫王もまた表面的にだが理解していた。

紫王に促《うなが》されたように感じ、椋は口を開く。

「大悟さんが死の直前まで書いていた遺言書の中には、自分の財産をすべて皐月さんに相続させるとありました」

皐月の視線が椋へ向く。

「物としての遺言書が見つかっていないので、法的な力は発揮できないとは思いますが。俺は、その遺言書を書いていたことこそが、大悟さんが皐月さんのことを最も信頼していた証のように感じました……心より、お悔やみを申し上げます」

椋が幻覚で見たことを話し終えると、皐月は途端に瞳を潤ませ、目尻からぽろぽろと涙をこぼし、改めて深く頭を下げる。

「本当に、ありがとうございます」

長くそのままの姿勢で三人に感謝を示した後、再び顔を上げた皐月の表情は、雨上がりの空のように穏やかだった。

2

そこにあるだけで周囲からの注目を集める紫色のスポーツカーは、外装の印象に反して静かに走る。

紫王の運転技術は確かで乗り心地も良く、椋は後部座席でいつしか眠ってしまっていた。

捜査を除《のぞ》いて普段あまり外出しないうえ、目隠しで視界を塞《ふさ》いでいることで周囲の状況がわからないことも一因となっているのか、椋は乗り物に酔いやすい。車に乗ったら、酔わないうちにすぐに寝入るという、防衛本能のような癖がついている。

「椋さん、そろそろ署に着きますよ」

運転している紫王から声をかけられ、椋は意識を浮上させる。

「ん……はい。すみません、送ってもらってるのに寝てしまって」

「構いませんよ。椋さんが乗り物を苦手としていることは、広斗さんから聞いていますから。そういえばさっき、そろそろ広斗さんの仕事が終わるっておっしゃってましたけど、彼、今日も仕事なんですか？」

ウィンカーの表示を出して角を曲がると、すぐに異能係が本拠地にしている警察署が見えた。車は滑《なめ》らかにその関係者用の駐車場へと入っていく。

「忙しいらしくて」

「大変ですねぇ新社会人。今日は祝日の捜査でしょう？　てっきり広斗さんもついてくるかと思ってたので、実は朝から意外だったんですよ」

白線の内側に駐車しながら紫王が笑い、続けて助手席に座る真崎が言う。

「入社後一ヶ月でそれだけ働けるってことは、よっぽど有望株扱いされているんだろうね」

話題の人物は、フルネームを上林《かんばやし》広斗という、椋の同居人のことである。

広斗の通っていた大学に椋の家が近いという理由で一緒に住むようになったのだが、この春に広斗が大学を卒業しても同居を解消していない。

広斗の兄である結斗《ゆいと》が椋の友人だったことから出会ったが、今ではすっかり広斗との仲の方が深くなっていた。視覚を塞《ふさ》いでいるせいで不自由なことが多い椋の生活を、広斗は全面的にサポートしている。

広斗が椋に心酔していることは、異能係の中では周知の事実である。

彼が大学生だったときは毎回欠かさず椋の捜査に同行し、あらゆる面から椋を支えた。しかし、社会人にもなるとそうそうスケジュールの都合がつくわけもなく、このところは広斗不在での捜査が多くなっている。

その代わりとして、刑事の伊澤が椋の専任サポートとして入ることが増えていた。

「広斗も今日は来たがっていたんですけど。色々と大変みたいです」

今日は五月四日。つまりみどりの日で、本格的なゴールデンウィークの只中《ただなか》だ。

城之内邸での捜査の予定が入った当初は広斗もついてくるという話をしていたのだが、昨日の夜に急遽仕事が入り、広斗は今朝、泣く泣く会社に出かけて行った。

椋は、高校一年生のときに事件に巻き込まれて特殊能力が発現してから、視覚を塞《ふさ》いで引きこもり生活をしていた。社会人経験はおろかバイトすらしたことがない椋には、広斗が今どんな状態にあるのかがいまいちわかっていない。

「はい、到着ですよ。お疲れ様でした」

紫王はそう声をかけながら、車のエンジンを停止させる。

「ありがとうございます」

「ありがとう紫王くん、とても快適だったよ。さすがに運転がうまいね」

椋のあとに続けられた真崎からの褒め言葉に、紫王は微笑みながら車を降りる。

「車好きとしては、そう言ってもらえると嬉しいです。これからも、たまには僕の愛車に乗ってくださいね」

続いて椋が車から降りると、紫王はすぐに近寄ってきた。

「腕をどうぞ、椋さん」

「すみません」

椋は探るように手を前方に伸ばし、差し出されていた紫王の腕に手をかけた。紫王に進行方向を示してもらう形で、そのまま共に歩いていく。

「椋さんをエスコートできるなんて、身に余る光栄です」

「俺、紫王さんのそういうところ嫌いです」

「何でですか」

表情を変えずに淡々と言う椋に、紫王が声をたてて笑う。そんな二人の様子を見て、真崎は後ろで和やかに目を細める。

「紫王くんと椋くんもすっかり仲が良くなったね。良いことだ」

紫王と椋が出会ったのは、異能係が発足し、事件の捜査がはじまってからである。

紫王の飄々とした態度のせいもあり、初めの頃の椋は、紫王に苦手意識を抱いていた。だが今では、人付き合いの苦手な椋にしては、遠慮ないことも言えるような間柄になっている。

「真崎さんも、学校の先生みたいなこと言わないでください」

椋のそっけない言葉に、真崎も笑う。

「まあ、立場的には似たようなものだからね」

三人が警察署出入口の自動ドアを潜って中に入ると、ただならない女性の大声が耳に飛び込んできた。

「おかしいじゃないですか！　お兄ちゃんをすぐに探してください！」

声の主は、警察署に入って左手すぐのところにある相談窓口の前に立っていた。十代後半と思われる若い女性だ。

艶《つや》やかなストレートの黒髪は長く、背中を覆っている。ドレッシーなブラウスも膝丈ほどのフリルがついたスカートも黒く、黒髪とあいまって独特な雰囲気を纏《まと》っていた。掌《てのひら》に収まってしまいそうな小顔、黒いマスカラで強調された大きな瞳はアーモンド形で、人形のような顔立ちをしている。

「まあまあ落ち着いてください。その、智久《ともひさ》さん？　二十二歳なんでしょう？　一日いなくなったくらいで大人を探してたらね、警察の人手がいくらあっても足りませんから」

女性の前に立っている受付の職員が、渋い表情をしながら応《こた》える。だが女性は感情の昂《たかぶ》りが抑えられない様子で、いっそうの金切り声を上げる。

「だから、普通じゃないの！　お兄ちゃんは私のすぐそばで消えちゃったんだって言ってるじゃないですか！」

言い切ったあと、彼女は子供のように声を上げて泣きはじめた。泣き真似ではないことを証明するように、大粒の涙がいくつもぽろぽろとこぼれ落ちていく。

彼女の横にいた別の女性が、その背中をさすりはじめた。

「萌香《もえか》、ねえ、大丈夫だから」

宥《なだ》めている女性の方も、今にも泣き出しそうなほどに声が震えている。

そんな二人の姿を眺め、紫王は椋を伴《ともな》ったまま彼女たちの元へと歩み寄る。

「すみません。つかぬことをお伺《うかが》いしますが、その『消えちゃったお兄ちゃん』って、あなたと血の繋がった、本当のお兄さんですか？」

「ちょっと、紫王さん」

紫王の言動に椋が驚きの声を上げるが、驚いたのは、突然思いもよらぬところから声をかけられた彼女たちも同じだ。

宥《なだ》めていた方の女性が目を見開いて紫王へ視線を向ける。そして紫王と、その腕に手をかけている椋の姿を見て、また驚きの表情が深まった。椋は黒の目隠しで完全に目元を覆っているのだ。一目で只者《ただもの》ではないことは伝わる。

「あなたたち、何なんですか？」

萌香と呼ばれた女性は泣きじゃくったままだが、もう一人の女性が怪訝そうに問いかけてくる。

ウェーブのかかった長い黒髪。オーバーサイズのパーカーに、その裾に隠れてしまいそうな程に短いデニム地のショートパンツ。服装の雰囲気はまったく違うが、女性の顔立ち自体は、萌香によく似ていた。

ただ、こちらの女性の方が少しだけ大人びた印象だ。年齢がいくつか上なのだろうと推察できるところもあいまって、友人ではなく姉妹に見える。

「まあ、警察関係者ってところですよ。それで、その『消えちゃったお兄ちゃん』っていうのは、そこの子の本当のお兄さん？」

「そうですけど」

朗《ほが》らかな笑みで適当に受け流し、再度同じ質問をする紫王に、いまだ訝《いぶか》しげな様子で女性が答えた。と、少し遅れて真崎がやってきて、受付の職員に声をかける。

「お疲れさま。彼女たちはどうかしたのかい？」

「ああ、真崎さん、お疲れさまです。それがですね、昨夜彼女たちは数名の友人たちと廃墟へ肝試しに行ったらしいんです。そこで、同行していた槙野《まきの》智久という男性が行方不明になったので、警察に捜索をして欲しいとのことで。ただ、その男性は二十二歳で、いなくなったのは昨夜ですから」

おおよその事情を把握し、真崎は頷いた。未成年者ならともかく、いなくなってたった一日で、事件性のない成人男性の失踪が捜査されることはない。

「なるほど。智久さんは君たちを驚かせるためにどこかに隠れているとか、そういうことはないのかい？」

真崎は二人の女性に問いかける。パーカーを着た女性は何かを話そうと口を開きかけていたが、実際に答えたのは紫王だった。

「それはないですね。残念ですが、智久さんはもう亡くなっています」

どこか飄々とした、いつもと何ら変わらない口調。しかし内容の衝撃に、この場にいる誰もが一瞬言葉に詰まった。

「ふざけないで！　言っていい冗談と悪い冗談があるんだから！」

泣きながらも真っ先に反応したのは、萌香だ。

紫王の言葉をはなから嘘だと決めつけている萌香に対して、真崎の表情が引き締まる。

「いったい、どうしてそう思うんだい？」

「この方の守護霊が、智久さん本人なんですよ。守護霊になれるのは、『その人のことを最も気にかけている死んだ人間』だけ。つまり、智久さんはもう亡くなっている」

この方、と言いながら、紫王は萌香を示した。萌香は怒りで可愛らしい顔を真っ赤にして、紫王を睨《にら》みつけている。

「お兄ちゃんが死んでるなんて、それ以上言ったら、本当に許さない！」

萌香は紫王に掴みかかる勢いで詰め寄ったが、間に入った真崎が彼女を止める。

「ともかく、別室に行きましょう。この件は異能係が対応します。詳しく話を聞かせてください」

真崎の言葉に、窓口の職員は心底ホッとしたような表情を浮かべた。

「良ければ隣の部屋を使ってください。空いていますので」

「ありがとう。では、お二人ともこちらに」

相談窓口の横にあるドアを開け、真崎はこぢんまりとした会議室の電気をつけた。

部屋の中央に簡素な机があり、机を挟む形でこれまた一般的なパイプ椅子が置かれている。特別なことはなく、警察署を訪れる者の話を聞くための部屋である。

女性二人はお互いに顔を見合わせながらも、強張《こわば》った表情で部屋の中へと入っていく。

「準備をして参りますので、少々お待ちください」

真崎は二人にそう声をかけてから、一度ドアを閉めた。息を一つ漏らし、紫王へ視線を向ける。

「紫王くん。君は前に、『亡くなってから最低でも二ヶ月程度経っていないと、死者は守護霊にはなれない』と言っていなかったかい？」

それは異能係の活動が軌道に乗ってきた頃、紫王が事件の捜査中に己の能力について説明したときに述べた、死者が守護霊になるときの条件の中の一つだ。死んでから時間が必要だという制約があるからか、今までの捜査で、殺された被害者本人が守護霊になって現れたことはなかった。

「ええ、とても珍しいです。これほどまでに早く守護霊になっているなんて、僕も初めて見ました。よっぽどあの女性のことが心配だったんでしょうね」

「そうか。失踪者がすでに亡くなっていたということは残念だが、被害者本人がいるのなら、話が早そうだな。昨日、何があったのかという話はわたしが聞き取るから、その間に紫王くんは、彼女の守護霊から話を聞いてくれるかい？」

被害者本人に事件の詳細を聞けるのならば、それ以上に単純明快な話はない。

しかし真崎の期待に反し、紫王は首を横に振った。

「それはできそうにないです。『葬式』という儀式をすることに関係があるのかはわからないんですが、遺体が火葬なり埋葬なり、何らかの形で葬られていないと、守護霊は存在が曖昧としていて、僕と受け答えができないんです。これは、死んでから時間が経っていないこととはあまり関係ありません」

「つまり、遺体を発見しなければ、被害者の霊から話を聞くことはできない、ということかい？」

「そういうことになりますね」

紫王の返事を受けて真崎は一瞬残念そうに眉を寄せたが、すぐに思考を切り替える。

「では、通常どおりの捜査でいこう。ひとまず彼女たちから話を聞くが、二人ともこのまま同席してもらえるかな？」

「もともと僕が首を突っ込んでしまったことですしね」

「はい、大丈夫です」

真崎の問いかけに紫王と椋が答え、三人は女性二人が待つ部屋の中へと入ることとなった。

「お待たせして申し訳ありません。わたしは刑事の真崎と申します。この二人は『外部パートナー』と言いまして、警察から正式に協力を依頼している捜査のスペシャリストです。宮司と霧生といいます」

先頭で入室した真崎が慣れた様子で紹介をはじめ、女性二人と対面する形でパイプ椅子に腰を下ろした。その隣に紫王、椋と続く。

「紫王って呼んでください」

紫王はいつものように自己紹介を付け加えたが、萌香は同席する紫王の姿を見て、明らかに顔を顰《しか》める。一時的に紫王に対する怒りが悲しみを上回ったのか、萌香の涙は止まっていた。

「まずはお二人の名前とご職業を伺《うかが》ってもよろしいですか？」

真崎が問いかけると、下唇を噛み沈黙する萌香に変わり、もう一人の女性が自分の胸に掌《てのひら》をあて、話しはじめる。

「私は井原葉子《いはらようこ》です。この子は槙野萌香で、二人とも明東《めいとう》大学の学生です。私が三年で、萌香が一年」

明東大学は、創立から三十年の比較的新しい私立大学だ。様々な学部を持つ総合大学で、生徒数も多い。学部によって異なるが、平均的な偏差値は六十程度。

その大学名に覚えがあり、椋は一人、微かな動揺をしていた。

「お二人は姉妹ではないのですか？」

二人の苗字が違うことから真崎が問いかけると、井原は頷く。

「よく間違われるんですけど、違います。私は一年前から智久と付き合ってて、萌香とも仲良くしてるんです。恋人の妹ではあるんですけど、関係としては、『先輩後輩』ですかね」

井原の口調が問いかけるようなものになると、萌香はこくりと頷いてみせる。その様子を見てから、井原はさらに言葉を続ける。

「昨日の肝試しにも一緒に行っていました。他のみんなはまだ、智久がいなくなった場所で智久のことを探してくれてるんですけど。警察に捜索願いを出すために、萌香と来たんです」

真崎は話を聞きながら手帳を広げ、メモを残していく。

「智久さんは萌香さんのすぐそばで消えてしまった、と仰っていたと思うのですが、智久さんがいなくなった状況を詳しく教えていただけますか？　廃墟に肝試しに行っていたのですよね」

「白々山《はくばくさん》の中に、昔旅館だったたっていう廃墟があるんです。昔そこで殺人事件があったとかいう噂があって、みんなで肝試しに行こうって話になって」

「肝試しには何人で行ったんですか？」

「六人です。部員は私たちしかいない弱小なんですけど、大学のサークル活動として、映像研究同好会っていうのをやってて、そのメンバーで。私、智久、萌香、翔《しょう》先輩、

いかける。
　井原が指を折りながら部員の名前をあげると、横から口を挟むようにして紫王が問
希空《のあ》、楪《ゆずりは》の六人」
「肝試しに行こうって言い出したのは、その中の誰だったんですか？」
　井原は紫王へ視線を向けて、一瞬表情を強張《こわば》らせた。萌香ほどあからさまではない
が、井原も智久の死を語った紫王に悪印象を抱いているのだ。それでも井原は反抗す
ることなく返事をする。
「うちは部員数も少ないし、低予算で作れるからっていう理由で、ＰＯＶのホラー作
品を最近よく撮ってたんです。それで、肝試しに行くこと自体は、なんとなく決まっ
た気がします」
「ＰＯＶとは何ですか？」
　真崎が挟んだ質問には、紫王が答える。
「ポイント・オブ・ビューの略称ですね。映画とかゲームとかで、登場人物の視点か
ら撮影をする手法ですよ。没入感が高くて低予算で作れるので、ＰＯＶホラーの映画
は一ジャンルとして地位を確立している印象があります」
「なるほど、サークル活動として最適というわけだ」
　感心している真崎をよそに、紫王は井原に視線を戻すと質問を重ねる。

「でも僕、結構心霊スポットとかには詳しい方なんですけど、白々山の中にある旅館の廃墟なんて話は聞いたことがありませんよ。そんなマイナーな場所が自然と候補に出るなんてことはありませんよね。誰かが、そこに行こうと言い出したんじゃないですか？」

「そうですね、具体的にその廃旅館に行こうって言い出したのは、楪です。福良《ふくら》楪。二年生の男の子なんですけど、特にオカルトが好きで、そういう曰《いわ》くつきの廃墟とか詳しくて」

「映画の撮影をしていたんですか？」

「違います。作品の舞台にもいいんじゃないかって話もあったので、下見の意味もありましたが、今回は肝試しをしに行ったんです」

真崎は井原の回答を聞いてため息を漏らした。

「廃墟と言っても大抵のものは誰かの所有物で、立ち入り禁止になっているはずですよ。ホームレスが住み着いていて犯罪に巻き込まれるかもしれませんし、建物が傷《いた》んでいて、床が抜けたり、天井が落ちてくる可能性もある。現に一人行方不明になっているわけですしね。軽率な行動は控えてください」

「すみません……」

正論を説《と》かれ、井原は小声で謝罪の言葉を述べながら俯《うつむ》いたが、すぐに顔を上げる。

「でも、智久がいなくなったのは、そういう、建物が古くなってたから起きた事故とかじゃないんです。萌香、話せる？」

井原に促《うなが》され、黙り込んだまま紫王を睨《にら》みつけていた萌香は頷いた。すっかりマスカラが落ちて黒くなってきた目元をもう一度拭《ぬぐ》うと、震え声ながらも話しはじめる。

「全員でひととおり廃旅館の中を巡ったあとで、ミッションをしようって話になったんです。二手に分かれて、旅館の端と端の両方から一人ずつ出発して歩いていって、途中に通る部屋を全部写真に撮ってから真ん中で会う。いわゆる肝試しの本番です」

少人数、あるいは一人になり、ある地点の物を取ってくる、お札を置いてくるなどの催《もよお》しは、肝試しでは定番のものだ。

大学生特有の空気感を思いつつ、萌香の説明を聞いて紫王は頷いた。

「私は、お兄ちゃんと棵先輩と同じ部屋にいて、順番を待ってました」

棵は、その廃旅館を肝試しの舞台に選んだという男だ。

「先に棵先輩が出て、終わったって連絡が来たから、次に私が部屋から出たんです。だけど途中で誰かの叫び声みたいなものが聞こえた気がして……私、怖くなっちゃったの」

「叫び声、ですか？　それは誰のものだったんです？」

真崎からの質問に、萌香は首を横に振ってみせる。

「結局、今でもわかりません。そもそも、本当に人の叫び声だったのかもわからないんです。獣の鳴き声かもしれません。反響する感じで、具体的にどこから聞こえてきたのかもわからないし」

当時の恐怖を思い出したのか、萌香の表情は引き攣《つ》り、顔色が悪くなる。

真崎は彼女の様子を見て、怖がる演技をしているわけではないだろうと感じた。

「それで怖くなってしまって、部屋に残っていたお兄ちゃんに助けてもらおうと、廊下を引き返して元の部屋に戻りました。そしたら……お兄ちゃんが、いなくなってたんです」

そこまで話し終えると、萌香の瞳には再度涙が浮き上がる。

「智久さんは、どこか別の部屋に移動していたわけじゃないんですか？」

「すぐに近くの部屋は探したんですけど、どこにもいませんでした」

「何か事情があって、萌香さんに見つからないように建物を出て行ったとか」

「ありえないんです。元いた部屋は廊下の突き当たりにあって、私がいた場所を通らないと外には出られません。もし私が他の部屋に入っている間にすり抜けたんだとしても、唯一の出入り口の前には、先にミッションを済ませた楪先輩と希空がいました」

次に井原が萌香の話を引き継ぐ。

「その間、私は反対側の部屋で待機していました。萌香と同時にミッション中だった翔先輩から連絡が来て、萌香たちに合流したんです。翔先輩は私のいた部屋を出発したんですが、廊下で萌香が泣いているのを見つけたって言ってました。そのあと、全員で廃旅館の中を探しましたが、智久は見つからなくて……」

そこまで話を聞き終わり、状況を理解して真崎は深く息を吐き出す。

智久は出入り口を使わずに、廃旅館の中で忽然《こつぜん》と姿を消したことになる。しかも、紫王の能力によって、現在死んでいることがわかっている。問題は、どのようにして姿を消し、遺体はどこにあるのか、だ。

「あの……お兄ちゃん、見つかりますよね？　なんでこの人、お兄ちゃんが死んでるなんてひどいこと言うんですか？」

期待と不安がない交ぜになった複雑な眼差しで、萌香が真崎を見つめる。『この人』と示しているのは紫王のことだ。紫王は軽く肩をすくめると、あとは任せたとばかりに真崎へ視線を投げた。この手の説明は毎回の捜査で発生するため、すでに慣れたものだ。真崎が神妙な面持《おもも》ちで話しはじめる。

「先ほどもご説明しましたが、彼は警察が捜査のために協力を頼んでいる有能なスペシャリストであり、霊能力者です」

「霊能力者？」

唖然とした、どこか間の抜けた様子で萌香が復唱するが、真崎は強張《こわば》らせた表情を崩さない。『冗談で言っているわけではない』ということを態度で示すためだ。

「わたしたちは異能係という、警察内でも特別なチームで、霊能力者に協力を依頼し、霊能を用《もち》いた捜査を行なっています。突拍子もないように聞こえるでしょうが、今まで異能係が捜査に携《たずさ》わってきた事件の犯人検挙率は百パーセントで、必ず真実を見つけています」

真崎の説明を聞きながら、元より白い萌香の顔色がいっそう悪くなっていく。

「これまで積んできた数多くの経験から、わたしは彼の霊能力は本物だと確信しております。そしてそんな彼が、智久さんは亡くなっていると断言するのであれば、残念ですが……覚悟はしておいてください」

そうして話が締めくくられると、萌香は再度声を上げて泣きはじめた。先ほどまでは感情を抑えて話を続けていた井原も、ついに我慢ができなくなったように嗚咽《おえつ》を漏らす。

二人の女性の泣き声が満ちる部屋の中で、ただ黙って話を追っていた椋は静かに俯《うつむ》く。切ない泣き声を聞くのは辛いものだ。

殺人事件で家族を失っている椋には、彼女たちの気持ちが痛いほどに理解できた。

3

「椋さん」

低く、優しい声が響く。

そのあまりの馴染み深さに安堵して、椋は無意識に強張《こわば》っていた体から力を抜く。警察署一階のロビーに置かれたソファに腰を下ろしたまま、聞こえたことを示すために声のした方へ顔を向けた。

視覚を塞《ふさ》いでいる椋には見えないが、駆け寄ってきたのは、百八十センチを軽く超える長身の男。上背《うわぜい》に見合って体格もしっかりとしており、身に纏《まと》う濃紺のスーツが初々しくもよく似合う。目鼻立ちのしっかりとした顔立ちにはどこか少年の面影があるが、凛々しくまっすぐに上がる眉が、全体の印象を引き締めていた。

彼こそが、椋の同居人である広斗だ。

「すみません、待ちましたか？」

そう問いかける広斗の息がわずかに上がっているのは、駐車場からこのロビーまで軽く走ってやってきたからである。

椋の姿を見つけた広斗の表情は実に嬉しげであり、もし彼に尻尾があれば思う存分振っていたに違いないと思わせる。

「いや、全然。仕事終わりに呼びつけて悪かったな。休日出勤お疲れ様」

「椋さんもお疲れ様でした。真崎さんたちと一緒にいるのかと思ってました」

「真崎さんも忙しいからな。宇城さんに会いに行くとか言ってた紫王さんも、結局邪魔しないようにすると言って、先に帰っていったよ」

椋が立ち上がると、広斗の曲げた腕が軽く押し当てられた。これは腕を掴んでくれという合図であり、広斗と椋のどちらにとっても慣れたものだ。椋はそのまま自然と広斗の腕に手をかけ、導きに従って歩き出す。

「今日の捜査、何か辛いことがありましたか？」

警察署の外に出ると、陽はすっかり暮れて、空には星が瞬《またた》いている。車を目指して駐車場を歩きながら、広斗は椋をチラリと見て問いかける。

もともと感情表現をあまりしない椋のわずかな表情の変化から、椋の気持ちが落ち込んでいることを広斗は読み取っていた。

「俺が辛かったわけじゃないんだが……そういえば、明日も捜査に行くことになった」

「え、明日も？　今日の事件、そんなに難解なんですか？」

「いや、今日向かった事件の捜査は無事に済んだんだ。ただ、別の事件の捜査を、急遽異能係でやることになって」

淡いエメラルドグリーンの軽自動車の前で立ち止まり、広斗は助手席のドアを開けた。全体的に丸っこいフォルムをした、レトロな外観の車だ。

椋の外出が増えたために、広斗は去年の秋に急いで免許を取得した。車自体は、椋が代金を払って中古で購入したものになる。

「説明は、家に帰ってからする」

椋はそう言うと、慣れた様子で助手席に乗り込んだ。

二人が暮らす一軒家は、閑静な住宅街の一角にある。オフホワイトの外壁を持ち、煉瓦色の屋根が印象的な大きな二階建て。二人で住むには贅沢な大きさである理由は、この家は元々、椋の両親が四人家族で住むために建てたものだからだ。

この家では、警察により『霧生家惨殺事件』と名付けられた悲劇が起きた。たまたま留守にしていた椋を除《のぞ》いて両親と姉の三名が殺され、帰宅した椋が、彼らの遺体の第一発見者となった。椋の特殊能力が発現したのはそのときである。

霧生家惨殺事件の犯人はすでに逮捕され刑も執行されているが、事件から十年の年月が経っても、椋は頻繁に悪夢を見続けている。

忌まわしい過去のある家だが、椋がここからの引っ越しを検討したことは一度もない。かつては金銭的な理由もあったが、椋にとっては家全体が家族の形見のようなものだからだ。

広斗の運転する車で帰宅した椋は、広斗がキッチンに立ち、夕食の支度をする間に今日起きた出来事を話した。

「……それでさっそく、明日の夕方から異能捜査をすることになったんだ。いつものように事件関係者を全員集めて、当日の再現をすることになってる」

椋がすべてを話し終えると、広斗は『なるほど』としみじみとした様子で頷いた。椋の浮かない表情にも合点がいったのだ。

「そんなこと、初めてですね。いつもは一般的な捜査が進められてから、必要に迫られて異能係に回ってくるじゃないですか。だからある程度状況がわかってますけど、今回は現地で知ることが多くなりそうな予感がします」

広斗は両手鍋で茹《ゆ》でていたパスタをザルにあげ、湯切りすると、トマトソースを作っていたフライパンに入れて、混ぜ合わせる。

「そうだな。紫王さんも、亡くなった人がこれほどまでに早く守護霊になるのは初めて見たと言っていた。紫王さんがいなければ、かなりの期間にわたって失踪届は受理されていなかっただろうなと思う」

「いなくなったのが大学生の男ですからね。普通に考えたら事件性は薄いですよ」

「そうだな。失踪届が受理されたとしても、それで終わりとなることの方が多いだろう」

実際、どこかのタイミングでたまたま遺体が見つかる、といったことがなければ、数多くある失踪事件の一つとして風化していた可能性の方が高い。

「こうして捜査がはじまった時点で、あの場に異能係が居合わせて良かったと思うよ」

椋の話に頷きながら、広斗は調理していたアラビアータをフライパンから皿に盛った。その上から粉チーズをかけ、バジルの葉を飾る。できあがった二皿を両手に持つと、先にテーブルセッティングを済ませていたリビングのテーブルへと運ぶ。

「椋さん、夕飯できましたよ。食べましょう」

キッチンの壁にもたれて話をしていた椋は、視覚を塞《ふさ》いでいるとは思えないスムーズさでテーブルまで移動すると、ソファのいつもの場所に腰掛けた。

外にいるときは杖を持ち、足元を確認しながら動かざるを得ないが、勝手知ったる家の中では、見えているときとほぼ変わりない行動ができるのだ。

「これがアラビアータ、と、お水です。ちょっと辛めにしてしまったので、お水のお代わりが必要だったらいつでも言ってください」

ランチョンマットの上で、コトンコトンとあえて音を立てて皿とコップを置きながら、広斗が説明する。そうして音を立てることで、椋はテーブル上にある料理の位置を把握できる。

「アラビアータ？」

「イタリアのトマトソースパスタで、『おこりんぼう』っていう意味があるらしいです。これは辛すぎないようにしてますが、唐辛子を効かせるのが特徴なので、辛さで顔が怒ったように赤くなるってところからきてるみたいです。手抜きですみません」

「何に手を抜いているのかが、わからない」

「パスタって、乾麺を利用すれば作るの簡単なんですよ。それにサラダとか、サイドディッシュとかも用意できませんでしたし」

「そう……なのか？　パスタだけで十分だと思うが」

小中学校時代の調理実習を除《のぞ》いて、まともに料理をしたことがない椋は半信半疑だが、広斗ははっきりと頷いた。

「お口に合うといいんですけど。いただきます」

「いただきます」

広斗に続く形で椋も食前の挨拶をすると、フォークを手にして食べはじめる。

程よい茹《ゆ》で加減のパスタはアルデンテになっており、ホールトマト缶から作られたシンプルなソースは爽やかな酸味があって、本格的な味わいがした。ニンニクの与える深みと唐辛子の刺激が、いくら食べても飽きのこない味になっている。最後に載せられたバジルの香りもまた良いアクセントだ。

「美味しい」

数口食べて嚥下した後、椋は素直にそう感想を述べる。

「辛すぎませんか？」

「うん。ピリッとした辛みはくるが、刺激としてちょうど良いよ」

自分では食べずに椋の様子を観察していた広斗は、椋からの感想を聞いてようやくほっとしたように笑った。フォークを動かしてアラビアータを口に運ぶと、パスタの弾力を確認するようにしっかりと数回咀嚼してから頷く。

「うん、ちょうどいい具合ですね。椋さんが俺の作った料理を食べてくださるのを見ると、俺の一日にも意味があったなと思います」

広斗の何気ない言葉に、椋は引っかかるものを感じた。

「仕事、大変か？」

「うーん、どうなんでしょうか。慣れないことは慣れないんですけど、仕事内容としては別に大変ではないんですよね。営業に向いてるってよく言っていただけるので、おそらく俺の適性としては正しいと思うんです。ただ……」

視線をテーブルの上に落として広斗は曖昧に笑い、そこで一度言葉を途切らせてから、顔を上げた。

「俺の元の希望通り、経理に異動できないか人事に何度も聞いてはいるんですが、厳しそうで。課長には『やりはじめたばかりで逃げることを考えるな』と、怒られてしまいました」

家から無理なく通え、かつ、ある程度時間を自由にできるからという理由で、広斗はこの春から『株式会社風形《ふうけい》』という空気清浄機のメーカー企業に経理として入社した。

つまり、風形を選んだのは完全に私生活を優先するためだったのだが、広斗の人当たりの良さを見込まれ、入社直後に営業へ配属されてしまったのだ。基本的には定時退社が可能な経理とは異なり、営業はどうしても取引先の都合に影響される。

風形の空気清浄機は一般家庭向けではなく、企業や店舗、病院などの施設に設置する大型のものだ。アポイントメントを取ってリース契約を結んでくる営業らしい職務に加え、接待を行ったり、リースしている機器に何かあったときのアフターフォローを行ったりといった柔軟な対応が必要で、声がかかればいつでも取引先に向かう必要があった。それ故に、今日のような休日出勤が度々《たびたび》発生しているのだ。

「俺は会社のことはまったくわからないから、軽く流してもらって構わないんだが。

営業が広斗に向いているのなら、無理に経理へ移ろうとしなくてもいいんじゃないか?」

椋がそう問いかけると、広斗は食事を進めながらしばらく沈黙した。

深く考え込んでから、一度口を開いてためらい、閉口し、再度意を決したように話しはじめる。

「社会人になってから、将来のことをよく考えるんです。俺の人生ってどうなるんだろうっていうか」

「ずいぶんと壮大なことを悩んでいたんだな」

「壮大ってわけじゃないんですけど。中学、高校、大学と違って、会社って自分から転職しようとしなければ、何十年も同じところで続いていくものじゃないですか。もちろん、途中で会社が倒産する可能性だってあるわけですが、そういうアクシデントを除《のぞ》けば、とても長い」

広斗の言わんとしていることを理解して、椋は頷く。

基本的に、中学高校は三年間、大学は四年間で終わって区切りを迎え、次の環境へと移行していく。しかし一度社会人になると、自然とやってくる区切りはない。もし新卒で入社してから定年退職するまで同じ会社で勤め続けるのであれば、約四十年同じ環境で働き続けることになる。

「入社して一ヶ月で考えることでもないことは、十分わかってるんですが。人生のほとんどの時間をここで過ごしていいのかっていう感覚は、すでにあるんです。それで、俺って何がやりたかったんだっけとか、考えだしてしまって」

「何がやりたかったんだ？」

椋がコップに口をつけながら問いかけると、広斗は自嘲めいた笑みを浮かべた。

「それが……色々考えた結果、浮かんでくるのが、俺には椋さんのことしかないんです」

その返答に、椋は口に含んだ水を吹き出しかけた。手で口元を押さえて堪えている間にも、広斗の言葉は続く。

「椋さんと一緒にいるときが俺は一番幸せですし、椋さんが笑ってくれたり、安心してくれたりするのを見ると、社会でよく言われている『やりがい』っていうものを感じます。椋さんに会ってから、俺の一番大切なところにはいつも椋さんがいて、今までずっとそうだったから、他に何も思い浮かばなくて」

広斗は止まらなくなった様子で、徐々に早口になっていく。

「というか、これって元々わかってたんですよ。わかってたから、できるだけ時間拘束の少ないところに入って、プライベートな時間を残そうとしてたんです。そうしたら、今までと同じように椋さんと一緒にいられるから。だけど現実はままならなくて。

家で一緒にゆっくりできる時間もなくなって、本当はついていけるはずだった日の捜査にも行けないし、椋さんはどんどん一人で、外で仕事ができるようになって。もし椋さんが捜査の途中で好きな人ができて、結婚することになったりして、こうして一緒に暮らせなくなったら、じゃあ俺は椋さんのこと以外で、何かしたいことがあるのかって言われると……」

「広斗、広斗、ストップ」

終わる様子のない語りに、椋が軽く手をあげて広斗を制する。

ようやくハッとしたように口を噤《つぐ》むと、広斗は大きく息を吐き出した。

「すみません。とりとめのない話をしてしまって」

「とりとめがあるとか、ないとかはどうでもいいんだが、暴走はしてたな。ただ、広斗が悩んでいることについては、だいたい掴めたような気がする」

椋はそう言って、軽く笑いながら眉を下げた。

真崎と再会し、異能係の捜査に協力するようになる前。完全に引きこもりの生活をしていた椋は、常に漠然とした不安を抱いていた。

社会から離れ、唯一日常的に関わりがあるのは一緒に住んでいる広斗だけ。そのときの広斗は大学生だったが、広斗が社会人となり生活環境が変われば、同居解消もそう遠い未来ではないと思っていた。

――自分は一生、一人きりで生きて、死んでいくのか。

そんな恐怖にも近い思いが浮かんでは、幻覚が暴発する特殊能力を抱えた状態では仕方がないことだと諦めていた。

広斗が吐露した悩みは、そのときに椋が抱いていた不安と共通する部分がある。だからこそ、椋は感覚として広斗の悩みを理解することができた。

「まず、俺が今まで……というか、今もだが。広斗に頼りすぎていたっていうのが悪かったよな。広斗の大切な時間を奪ってしまっていた」

「いや、そんなことは絶対にありません！　全部俺がしたいから、俺が椋さんの側にいたいから、させてもらっていただけです」

広斗が勢い込んで否定するが、椋はゆるく首を横に振った。

「ありがとう。でも実際問題、そうだったとは思うんだ。俺は行ったことないからわからないけどさ、一般的には高校生とか、大学生のうちにサークルとかバイトとかの活動をして、やりたいことを見つけるものなんだろう？　だけど、広斗はその時間で俺の世話を焼いてくれていたから。社会人になって俺と一緒にいる時間が少し減って、迷いのようなものが出てくるのは当然のことだと思う」

「『だからこれからは俺のことは放っておいていい』なんて言わないでくださいね」

椋の話の行く末を予想し、そう予防線を張る広斗の顔色は、比喩ではなく実際に悪くなっていた。悲愴感漂う広斗の声を聞き、椋は軽く笑う。

「そんなこと言わねぇよ。お前は、ちょっと自分のことを軽く考えすぎてる」

「すみません。すごい嫌な方向に話がいってしまうような気がして」

「俺は、広斗がいてくれるから、こうやって毎日健やかに暮らせてるんだ。頼りすぎていて申し訳ないとは思うけど、広斗がいないとまともに生きていけないのは、俺が一番身に染《し》みてわかってるよ」

穏やかな椋の言葉を聞き、広斗は青ざめていたところから一転して、感極まる。

そんな広斗の反応をよそに、椋は大きく息を吸った。

「だから、もし広斗が望むなら、正式に俺の助手になるか？」

それは、椋にとっては覚悟のいる一言であった。

「助手、ですか？　それってつまり、探偵の助手的な？」

予想だにしていなかった椋からの言葉に、広斗は大きく目を見開く。

「そう。今、話を聞いていて、広斗の『したいこと』を叶えるにはそれが一番な気がして。周囲の人たちに支えてもらって成り立っていることだから、そう立派なものでもないけど。俺も今は働くことができていて、このままの調子でいけば、広斗一人くらいだったら養っていけるだろう？」

椋の言葉を、広斗は唖然《あぜん》とした表情のままでおとなしく聞く。

「渡せる給料なんてたかが知れているし、変わらず普段の生活の面倒まで見てもらうと考えたら、助手と言い切っていいものなのかは、わからないんだが。かと言って主夫は違うしな」

「いいですね、それ。俺にとっては、本当に夢のような生活です」

ようやくリラックスした広斗の声音を聞き、椋はふわりと微笑む。

「うん。そういう道もあるってことだけは、伝えておかねぇと、と思って。社会人になりたてのときなんて、きっと真新しいことばっかりだろ。思いどおりにならなくて、上手くいかなくて、大変で当然だし、あんまり思い悩まなくていい。決断を焦る必要もない。広斗には、たくさん可能性があるんだから」

椋も、広斗と伊達《だて》に四年間同居しているわけではない。顔色や表情を見ることはできなくても、声色や口調で様子を感じ取ることができる。だからこそ、広斗が慣れない環境で毎日忙しく働き疲れていること、日によっては落ち込んで帰ってくることも知っている。親友のような、弟のような、後輩のような。そんな曖昧な関係ながらも大切な広斗のことを、椋は前々から心配していた。

広斗は額に両手をあて、深く息を吐き出した。

その吐息を聞きつけ、椋は首を傾《かし》げる。

「どうかしたか？」

「いえ……本当に、俺は椋さんのことが好きだなぁと思って」

それは、広斗が今抱いている最も素直な感想だった。

「これ以上夢中にさせてどうするつもりですか？」

「ばか」

いつもの調子に戻ってお互いに軽く笑い合ったあと、ふと椋が尋ねる。

「そういえば、広斗は明日も仕事か？」

「いえ、今日の出勤は本当に無理やりなものでしたし、明日は何があっても会社には行きません。椋さんの捜査についていきますよ」

「それだと、広斗の休みがなくなるだろ。来てくれるなら俺は嬉しいが、仕事が休みなら無理しない方がいいんじゃないか。休日出勤があっても、ゴールデンウィークが終わったらまた仕事だろう？　ゆっくり休んでいていいんだぞ」

「俺にとっては椋さんのそばにいる時間が、気力体力ともに一番回復するので」

そんなわけがないだろうとは思いながらも、あまりにも広斗がキッパリと言い切るので、椋はまた笑った。

「わかった。じゃあ、頼む」

「はいっ。と、すみません。つい話し込んでしまいましたね。パスタ伸びないうちに食べてしまいましょう。食べ終わったら、デザートにヨーグルト持ってきますよ」

広斗に促《うなが》され、椋も残っていたアラビアータに集中する。

食後のデザートに出されたヨーグルトは提供された段階で蜂蜜が混ぜ込まれていて、唐辛子の刺激がほのかに残る舌を包み込み、癒してくれるような美味しさだった。

4

椋に対する広斗の執着は根深く、そのはじまりは十年前に遡《さかのぼ》る。

広斗が椋の名前を初めて聞いたのは、椋と出会うことになる前日の夜。両親、祖母、兄の結斗と広斗の五人家族揃っての夕食時だった。

上林家は食事時にテレビを見ることが禁止されていたので、基本的には箸や皿の音しか聞こえない静かな食卓である。不意に結斗が口を開く。

「父さん、母さん。相談があるんだけど、今いいかな？」

父親が無言のまま頷くのを見て、結斗は話を続ける。

「明日から学校の友達をうちに泊めてあげたいんだ。とりあえず一週間くらい」

「一週間泊めたいって、何かあったの？　お友達の名前は？」

質問をしたのは専業主婦の母親だ。

当時高校一年生だった結斗は文武両道、品行方正を体現するような優秀な生徒であり、自慢の息子である。彼は自分の交友関係を随時母親に共有していたため、母親は友人の名前を聞けば、息子とのおおよその関係を理解することができた。

「霧生椋っていう子。あの殺人事件の」

母親は微かに息を飲む。結斗の言った『あの殺人事件』とは、四ヶ月前に起きた『霧生家惨殺事件』のことである。

家に侵入してきた見ず知らずの男に家族三人が惨殺されるというショッキングな事件は全国区でニュースになり、世間の注目を集めていた。

犯人が逮捕されたこともあり、最近ではテレビで扱われることもなくなったが、事件の生き残りである椋が結斗と同じクラスの生徒だということで、事件と椋の存在は、両親も当然把握していた。

「今まで聞いたことなかったけど、霧生くんとそんなに仲が良かったの？　霧生くんって、まだ休学しているんじゃなかった？」

「前はすれ違ったら挨拶するくらいだったかな。椋、学校には来てないんだけど、休学してるわけじゃないらしいよ。先生も心配していらっしゃって、面倒を見てやってくれないかってお願いされたんだ」

結斗は、椋に対して自分がどう思っているかは含めずに理路整然と話すと、軽く肩をすくめる。嫌われていたわけではないが、椋は元々物静かなタイプで、必要以上に人とつるまず、一人でいることが多かった。クラスの中で特別親しい生徒がいなかったので、担任教師の覚えがめでたい結斗に白羽の矢が立ったのである。

「まあ、そうだったのね。それで、どうしてうちに泊まらせたいの？」

「先生から住所聞いて、今日家に行ってみたら、椋ってまだあの事件の起きた家に一人で住んでるみたいで。流石に僕もあの家に通うのは不気味だし、一人で引きこもってるのも良くない気がするから、できたらうちに連れ出しちゃおうかと思って。椋に聞いたら、うちに来てもいいって言うからさ」

結斗の言葉を聞き、そこで広斗は初めて顔を上げた。結斗が何かに対して『不気味』などとマイナスなことを言うのは珍しいことだったのだ。

「わかったわ、客間もあいてるし、お母さんは構わないわよ。あなた、どうかしら」

母親から話を向けられ、父親が重々しく口を開く。

「ああ、事情も事情だしな。結斗、人から頼られるのは良いことだ。やるからにはしっかりやりなさい」

「わかった、ありがとう」

上林家でしばらく椋の面倒を見るという話がまとまったところで、今まで黙々と食事をしていた祖母が、誰に言うでもなく呟く。

「家の中で騒がなきゃいいけどねぇ。忙《せわ》しないのは嫌いだよ」

「椋は家族が亡くなって相当落ち込んでるから、大丈夫だよおばあちゃん。逆に騒げるくらい元気になったら、もううちにいる必要もないし」

祖母の呟きをわざわざ拾い上げて結斗が答えると、祖母はまたぼやく。

「家族に不幸のあった人を預かるなんて、面倒にならなきゃいいけどね」

文句が多いのは、祖母の癖のようなものだった。あらゆることに対する姿勢が基本的に後ろ向きなため、何かが決まった後に、こういったぼやきが入るのはいつものことだ。家の中のことの最終決定権は父親にあり、祖母のぼやきが影響することはない。

それでも、わずかに場の空気が悪くなる。

そこでふと、父親が広斗に視線をとめる。

「広斗、食事中にぼうっとするんじゃない。さっさと食べてしまいなさい」

「ごめんなさい」

軽い叱責の言葉に、広斗は背筋を伸ばし、慌てて焼き魚の身を取って口へ運ぶ。

そんな広斗の姿を見て結斗が目を細めた。

「明日から、『椋』っていう名前の俺の友達がしばらく一緒に住むことになったから、よろしくな、ヒロ」

食事を続けながら結斗へ視線を向け、広斗は小さく頷く。

当時、広斗は小学六年生だった。何もわからない年齢でもないので、『霧生家惨殺事件』のことも、一連の会話の内容もおおむね理解していた。

そのときの広斗が感じていたのは、見知らぬ人としばらく同じ家で暮らすことになる漠然とした不安と、憧れを抱いている優秀な兄の友人に会うことへの、微かな高揚だった。

その次の日、放課後になってから、結斗は椋を連れて家に帰ってきた。玄関で靴を脱ぎながら結斗が声を上げる。

「ただいまー。母さん、先生がお話ししたいそうです」

二人を送ってきた担任教師が挨拶に来ていたが、廊下の奥で玄関を覗いていた広斗の視線はただただ真っ直ぐに、初めて目にする椋の姿へと向いていた。

サラサラとした繊細な黒髪に、なめらかな美しい肌。つくりもののような整った顔立ちは、十六歳という成長期にある年齢もあいまって中性的で、広斗の視線を釘付けにした。

なにより、椋の纏《まと》う神秘的な雰囲気は悲劇によっていっそう深みを増しており、彼がこの世のものではないような気にさえさせた。

ふと、隠れて自分を見つめている広斗の存在に椋が気づいた。

俯《うつむ》いていたところからゆっくりと顔を上げ、長いまつ毛に縁取られた、黒曜石のような瞳が広斗を捉《とら》える。表情は変わることなく、瞳の中にあるのは深い悲しみだけ。

その瞬間、広斗は心臓をぎゅっと鷲掴みにされたような感覚に囚われた。

それは人が恋に落ちたときに覚える動悸にも似ていたが、椋の抱えている底知れない悲愴の一部が伝わってきたが故の、息苦しいほどの切なさも混じっていた。

今まで味わったこともない感情に幼い広斗が混乱している間に、教師は母親に挨拶を済ませて帰って行き、椋は促《うなが》されるまま家の中へ上がった。

上林家は、過去に地主をやっていたそこその名家である。家の築年数は軽く百年を超えており、外観は『日本家屋』と呼んでイメージするとおりの様相だ。

しかし頻繁にリフォームが行われているために、内装にはところどころに洋風のものが取り入れられ、和洋折衷になっている。また、家族五人が各々一人部屋を持ってもなお部屋が余っているほどに広い。

椋に用意されたのは、普段ほとんど使われていない和室の客間である。

「椋くん、ここの部屋を使って？　お布団は奥の納戸《なんど》に入っているんだけど、寝るときは自分で敷けるかしら？」

「大丈夫です。すみません、お世話になります」

部屋を案内した母親は、そう言って丁寧に頭を下げた椋の礼儀正しさに、満足げに頷いた。椋の顔立ちの綺麗さもあいまって、玄関で初めて出会ってから今までの間で、母親からの椋への評価はとても高くなっている。

だが、荷物を持って部屋の中ほどまで入ったところで、椋は不意に動きを止める。持っていた鞄を取り落とし、目を見開いて、全身が硬直してしまったかのように立ち尽くす。どこを見ているのかはわからないが、確実に『何か』を見ている姿は異様だ。

そんな棒立ちの時間は、二、三分ほど。

「……っ」

ふと、意識を取り戻したかのように再び動き出した椋は深く息を吐き出すと、その場に膝をつき頭を抱えた。正確には目元を両手で覆っている。

「ちょっと、どうしたの？　大丈夫？　何か気に入らなかったかしら」

母親が慌てて近寄って行ったが、椋は両手で目元を隠したまま首を横に振った。

「いえ、そんなことはありません。本当に、すみません。しばらく、一人にしていただいてもいいですか」

「そ、そう。とにかく、ゆっくりしてちょうだいね」

「俺の部屋は階段あがって突き当たりにある。ドアに結斗って札が下がってるからすぐわかるよ。いつでも声かけてもらって構わないから」

そばにいた結斗が補足すると、椋は同じ姿勢のままで頷いた。

「ありがとう、結斗」

短い感謝の言葉は、『放っておいてくれ』と言っているようであった。

結斗が母親と広斗を促《うなが》し、共に廊下へ出る。部屋の襖《ふすま》がピッタリと閉じたのを確認すると、母親は大きくため息をついた。

「今の、何かしら？　ご家族にあんなに大変なことがあった子なんて初めてだから、どう接したらいいのかわからなくて、お母さん困っちゃうわ」

小声で囁かれる言葉に、結斗が困ったように眉を下げる。

「心因性の発作みたいなものがあるんだって」

「発作ねえ……そんなもの、どうやって対処したらいいのか」

「必要なとき以外は放っておいて大丈夫だからさ。一人であの家にいるよりかはよっぽどいいはずだから。ほら、行こう母さん」

励ますように明るい声で言うと、結斗は母親を伴《ともな》って歩いていく。

まだ椋と一度も言葉を交わしていない広斗はその場から離れがたく、しかし声をかける勇気もなく、椋のいる部屋の前でしばらく佇《たたず》んでいた。

椋が同じ屋根の下で暮らすようになっても、家の中の様子はほとんど変わることがなかった。呼ばれたときを除《のぞ》いて椋は客間から出てくることはなく、結斗を含めた誰も積極的に椋と関わろうとしなかったためだ。

食事時など、顔を合わせる場面では結斗は椋に会話を振っていたが、特別に椋のために時間を作ることはなかった。他の者は皆、腫物《はれもの》に触るかのように椋を扱うため、会話という会話もない。

椋が家にやってきたのは金曜日。結斗は、土日にはいつもどおりに部活の練習と生徒会の活動に行き、月曜日になると一人で通学した。朝、一緒に学校へ行こうと椋を誘ってはいたが、椋がやんわりと、しかし頑《かたく》なに応じなかったのである。

椋は日がな一日客間で目を閉じ、魂がどこかへ抜け出ていってしまったかのように、ぼうっとして過ごしていた。

そうして同じように過ぎていった火曜日の夜。

広斗は喉の渇きを覚えて夜中に目が覚めた。部屋を出て階段を降り、台所へ向かおうとする。

椋のいる客間の前の廊下を通り過ぎるとき、中から押し殺した泣き声が聞こえてくることに気づいた。

足を止め、迷い、再び歩いて立ち去ろうとしたが、結局踵《きびす》を返して戻ってくる。数回のためらいの後に、意を決して襖《ふすま》を軽く叩いた。泣き声が止まる。

「あの。僕、お兄ちゃんの弟です。入ってもいいですか？」

控えめに聞いてみたものの、返事はない。それでも広斗は襖《ふすま》を開いて中へと入った。

障子越しに月光がほのかに届く暗い室内で、椋は布団の上に座っていた。今まで掛け布団をかぶって横になっていたのがわかる姿をしていて、声をかけられたために体を起こしたのだ。

しかし椋は目を閉じ俯《うつむ》いたままで、広斗の方を見てはいなかった。

「広斗くん、だっけ。どうかしたのか」

声が掠《かす》れている。

「急にごめんなさい。泣き声が聞こえていたから、大丈夫かなって」

「悪い。うるさかったか」

広斗はブンブンと首を横に振って否定の意を表したが、途中で椋が目を閉じていることを思い出した。襖《ふすま》を閉じて部屋の中へ入ると、横に腰を下ろす。

「たまたま聞こえただけです。……椋さん。怖い夢を見たんですか？」

思いきって問いかけると、椋はごまかすように早口で答える。

「そうだな、怖い夢を見た。それだけだから、心配してくれなくて大丈夫だぞ。いつも見るんだ」

「どんな夢ですか？」

「聞いたって、楽しいことじゃない」

「楽しくなくていいんです。僕、椋さんともっとお話がしたいと思ってたんです。今まで勇気が出なかったんですけど」

「俺と？　なんで」

「えっと……椋さんが、すごく綺麗だったから」

咄嗟に取り繕うこともできずに素直に答えると、椋は呆れたように、しかし初めて笑った。その笑顔を見て、広斗はおずおずと問いかけを重ねる。

「あの、一緒に寝てもいいですか？」

「どうして」

「僕も怖い夢を見たので、一人で寝たくないんです」

普段なかなかつかない嘘をつくと、胸がドキドキした。

椋はまた小さく笑った。掛け布団を軽く持ち上げて隙間を作る仕草は、一緒に寝たいという広斗の要望を受け入れる返事だ。

広斗が布団の中に入って横になると、その様子を気配で察した椋も体を倒し、枕に頭を預けた。

布団の中は、椋の体温で温められている。冷えた空気の中、薄いパジャマ姿でうろうろしていたせいで、知らず知らずのうちに縮こまっていた広斗の体がわずかに弛緩する。

いまだ大きく心臓が高鳴っている理由が、嘘をついてしまったことによるものなのか、椋の布団に入っていることによるものなのか、広斗にはその判断がつかなかった。

緊張を紛れさせるために、広斗は小声で言葉を紡ぐ。

「僕が見る怖い夢は、いつも同じなんです。むかし、家の中で、家にいるはずのない女の人の姿を何度も見たことがあって。その女の人を見るたびにすごく怖かったから、そのときのことを夢に見てしまうんです」

「家にいるはずのない女の人？」

問い返されたことで、椋が話を聞いていることが感じられ、広斗は嬉しくなって大きく頷く。

「はい。あ、でも変な人が家に入ってきてたわけじゃなくて、本当は誰もいなかったから、僕の空想なんだってみんなに言われました。空想だとしても、僕にとっては本当に怖かったから、それで何度も夢に見るんだと思います。夢から飛び起きて、一緒に寝ていたお母さんを起こすと、また馬鹿なことばっかり言うなって怒られて」

要領を得ない話をたどたどしくそこまで話して、不意に、自分がまだ母親と一緒に寝ていると椋に思われるのは嫌だ、という気持ちが湧いてきた。

「あっ、でも。お母さんと一緒に寝てたのはまだ僕が小さい頃のときの話なんですけどね！　今では、あの女の人は、やっぱり僕の空想だったんだってわかって怖い夢も見なくなりましたけど。あのときは嘘つきって言われるのが悲しくて……」

「つまり、今日は怖い夢を見たわけじゃないんだな？」

「あっ」

一人で語りすぎて、あっさりと嘘をついたことがばれてしまった。ばつが悪くなった広斗は沈黙する。

それから少しの間があって、今度は椋が静かに言葉を紡ぎはじめる。

「広斗くんが昔見ていたその女の人って、髪が長くて着物を着ている、四十歳くらいの綺麗な人だろう。ただ、口元に火傷の痕みたいなものがあって」

広斗は驚きに目を見開いて、隣に寝ている、目を閉じたままの椋の端整な顔立ちを見つめた。幼い頃に家の中で見た女性の姿は、椋が指摘したとおりだったからだ。

「どうしてわかるんですか」

「俺は、人が死んだことのある場所を見ると、その人が死んだときの光景が見えるようになってしまったんだ。だから、その人がいつ頃の誰なのかとかの詳細はわからないけど、この家に来たとき、鏡台の前にいて自分の顔を見つめていた女の人が、剃刀で自分の首を……」

椋はそこまで言いかけ、ハッとしたように口を噤《つぐ》んだ。

「悪い。こんな話、気味が悪いよな、忘れてくれ」ただ広斗くんは嘘を言っていたわけじゃないと、伝えたくて」

椋の声は徐々に小さくなっていく。見られていないとわかっていながらも広斗は首を横に振り、椋のパジャマの裾をキュッと握った。

「気味が悪いなんて、そんなことないです。昔はあの女の人をどうにかして欲しくて、家族全員にこの話をしては怒られていました。でも、こんな風に受け入れてもらえたのは、初めてで。嘘じゃないって言ってもらえて、すごく嬉しいです」

「そうか……なら、よかった」

そこで会話が終わってしまう気配を感じ取り、広斗はまた慌てて質問をする。

「椋さんのその特殊能力って、昔から使えたんですか？」

「『能力』なんて呼べるほど、いいものじゃない」

「でも、すごいと思います。僕自身、空想だと思っていた人のことがわかったなんて。そういうの、霊能力者っていうんでしたっけ。格好いいと思います」

広斗が無邪気に言い募《つの》ると、椋は深く呼吸をした。

それから、どこか底意地の悪い感情を抱えながら話しはじめる。

「家に帰ってきて、家族が死んでいるのを見つけた。そこらじゅうに血が飛んでた。

そのあまりにもひどい姿を見ていたら、いきなり、家族が男に一人ずつ殺される光景が見えたんだ。まさに今、俺の目の前で、家族が殺されているみたいだった」

広斗も、『霧生家惨殺事件』のことは理解している。しかし、たった一人の遺族である当事者の口から聞く話はひどく生々しかった。思わず息を詰め、語られる言葉をただ黙って聞く。

「それから、ずっとこうだ。どこにいても、何を見ても、望んでもいないのに、目を開けているだけで人が死ぬときに見ていたものが見える。止められないんだ。誰もこんな不気味な俺とは一緒にいたがらない。俺は一人ぼっちで、俺の周りには死だけが纏《まと》わりついてる」

感情を抑え込もうとして言葉は淡々と続けられたが、体は大きく震えはじめていた。椋は横になったまま体の向きをかえ、広斗に背を向けた。

「椋さん、ごめんなさい」

「広斗くんは何も悪くない。こんな話、広斗くんに聞かせるべきじゃなかった。ごめん。もう明日には、俺は自分の家に帰るから。本当にごめんな」

顔を見せないように向けられた痩せた華奢な背中に、必死に堪えようとしても涙の混じる切ない声に、広斗の胸が締め付けられる。

あまりにも辛い体験をしたにもかかわらず、広斗にそのときの刺激の強い話を語ってショックを与えてしまったと謝る姿に、広斗は、椋の持つ深い優しさを強く感じていた。

そっと手を伸ばし、広斗は震える椋の背中を撫でる。

「謝らないでください。僕が聞きたがったんです。それに、僕はもう怖い夢をみる子供じゃないので、大丈夫です。辛いことを話させてしまいましたけど、椋さんのことを聞けて嬉しい……って言ったら、いけないことでしょうか」

椋は返事をしない。しかし触れられることを嫌がる素振りはないことを確かめ、一定のリズムで背を撫で続ける。

「僕、お兄ちゃんみたいに頭良くないし、すぐにみんなを怒らせてしまうし、何もできないですけど。僕でよかったら、椋さんと一緒にいます。もし椋さんが家に帰っても、僕が毎日会いに行きます。だから、椋さんは絶対に一人ぼっちにならないです」

広斗が熱く言い募《つの》ると、しばしの間を置いて、くぐもった声で椋が呟く。

「俺の家は、その殺人事件が起きた家だぞ。不気味だろ」

「椋さんの家は、椋さんの家だと思います」

「広斗くんがそこまでする理由なんてないだろ。俺と広斗くんは、何の関係もない」

もっともな言葉だ。理由と、お互いの関係に合う言葉を探してしばし考え、広斗は結局小さく笑う。

人の感情や行動は、理詰めで説明できることばかりではない。『恋に落ちる』と言うが、恋愛でなくとも人は己の感情に落ちるものだ。

憧憬か、憐憫か、愛着か。名状し難い感情を、小学生の広斗は持て余す。

「理由はわかりません。ただそうしたいんです。僕は椋さんとずっと一緒にいます」

飾ることのない素直な言葉に、またしばしの沈黙が続いた。

ふと、椋が体の向きを変えた。目を閉じたまま腕を伸ばし、広斗の小さな体に縋《すが》り付くようにして泣きはじめる。

椋が何かを言っているような気がして広斗が耳を澄ますと、かろうじて、微かな呼び声を聞き分けることができた。

「父さん、母さん……っねえちゃ……」

もう二度と会えない家族を呼ぶ震える声に、胸が締め付けられる。広斗は一瞬驚きに目を見開いてから、眉を下げ、ゆっくりと目を閉じた。

幼い両腕で椋の頭を包み込み、精一杯の力で抱きしめる。椋の抱えた悲しみを思い、目尻から涙が溢れて頬を伝う。椋が泣き疲れて眠りに落ちるまで、広斗は椋の体を包み込んでいた。

それが、広斗が一生の誓いを胸に抱えた日のことである。

第二章　野次馬

1

萌香と井原に警察署で会った次の日。異能係は、椋と広斗、紫王、真崎、伊澤という顔ぶれで明東大学に来ていた。

智久がいなくなった当日、事件関係者たちは大学から全員で廃墟に向かったということで、再現の意味合いも含めて、待ち合わせ場所が大学になったのだ。

先頭を歩く真崎がガラスドアを押し開け、清潔感溢れる広々とした大学併設のカフェテリアの中へと入っていく。今日は祝日のため、基本的に大学は休みだ。営業していないカフェテリア内は、がらんとした空気が漂っていた。

カフェテリアの片隅に、大きなテーブルに並んで座る五人の若者たちの姿がある。その中で、ドアの開く音に振り向き、立ち上がったのは井原だ。

「こんにちは。どうぞよろしくお願いします」

そう言って軽く会釈をする井原に、真崎が返事をする。

「どうも井原さん。捜査にご協力くださりありがとうございます。当日にいらっしゃった方は、もう全員揃っていますか？」

「はい、今ここにいる五人で全員です。これから肝試しをした日の様子を再現するんでしたよね？　一昨日の出発した時間にはまだ早いので、良ければお座りください」

井原に勧められ、異能係も一度、彼らと同じテーブルにつく。真崎がさっそく、一人ずつ手で示しながら異能係の紹介をはじめる。

「わたしは刑事の真崎です。こちらは同じく刑事の伊澤。外部パートナーの宮司」

「僕のことは紫王って呼んでくださいね」

途中で紫王が補足を加えるが、慣れたもので、真崎は途切れさせることなく言葉を続けていく。

「霧生と、その助手の上林です。本日は我々五名で捜査を行い……」

と、そこで端の席に座っていた一人の青年が、唐突にはしゃいだ声を上げた。

「うわっ、すんごい。本物の異能係だ。霧生椋ってマジで普段から目隠ししてんだ」

彼はマッシュボブの黒髪に、ファンデーションを塗っていそうなほどに白い肌をしている。髪型に加え、ノーブランドのパーカーとジーンズも洗練されているとは言い難く、全体として野暮ったい印象がある。しかし、そんな格好に不釣り合いな揺れる黒いピアスが印象的で、独特な雰囲気を纏《まと》っていた。

「君は、わたしたち異能係について詳しいのかな？」

真崎はそちらに視線を向けると、つとめて表情を変えずに問いかける。しかし椋は、真崎の声がわずかに強張《こわば》ったことを感じ取った。一方の青年は、真崎に警戒されはじめたことに気づく様子もなく笑顔のままだ。

「もちろん。今DDWで話題ですよ。みんな、異能係の情報を知りたがってる」

「DDW？」

聞き慣れない単語を真崎が復唱し、横から伊澤が解説する。

「『ディープ・ダイブ・ワールド』の略称です。インターネット上に存在する匿名性の強いメタバースで、検索エンジンが機能しないことから、ダークウェブに似た使い方もされています。一般的にはまだあまり知られていませんが、数年前より認知度もユーザーも増えているようです」

「メタバースがなんだって？」

「つまり、インターネットのディープな界隈で、人々が匿名で情報交換をしている場所のことです」

説明の内容をほとんど理解していない真崎を見て、伊澤が簡潔にまとめる。そんな二人を興味深げに眺め、青年は相変わらず楽しそうにしている。

「萌香ちゃんと葉子先輩から話は聞いてたんですけど、異能係が本当に日本の警察で捜査をやってるなんて、実際に見るまでは信じられなくて。これから僕たちも霊能捜査に同行するんですよね？　いやー、ラッキーだなぁ」

と、その横の椅子に座っていたもう一人の青年がたしなめる。

「おい、いい加減にしろ福良。ラッキーってなんだよ、智久がいなくなってんだぞ。萌香の気持ちも考えろ」

名前をあげられ、昨日と同じくゴシック調の黒い服に身を包んでいる萌香は軽く俯《うつむ》いた。アッシュがかった茶髪の青年は、福良と呼んだ青年をやや三白眼気味の瞳で睨《ね》め付けてから、真崎に視線を移す。

「すんません、話続けてください」

「ありがとう。ええと、では君たちにも自己紹介をしてもらっていいですか？」

真崎に話を向けられ、茶髪の青年がぶっきらぼうに続ける。

「あー……じゃあ、俺から。俺は畠山《はたけやま》翔。四年で、智久とは高校からの付き合いだ。で、このオカルトオタクが二年の福良楪」

オタクと呼ばれても福良は笑顔で、手をひらひらと振っている。

井原から聞いていた事前の説明によると、彼が事件の起きた廃旅館へ行こうと言い出した張本人である。しかし、自分が連れて行った場所でサークルの先輩が行方不明になり、死んでいるかもしれないということに対する負い目のようなものは感じられない。

畠山の紹介が続く。

「そこのマスクしてるのが一年の三上希空《みかみ》で、こう見えて女」

「ちょっと、そんな紹介ないじゃないですか」

紹介された三上が不満の声をあげる。

彼女は、女性にしては短すぎるショートカットの黒髪の一部をヘアクリップで留めている。ワイシャツの上からジレを羽織り、チェックの長ズボンを履いていた。全体としてボーイッシュな印象で、不織布のマスクをして顔の半分が隠れているのもあいまって、小柄な少年のように見えた。

「井原と萌香は、もう事前に会ってんだよな？」

「はい、お二人の紹介は大丈夫です。畠山さん、福良さんに、三上さんですね」

「捜査の記録のため、みなさんの写真を撮らせていただいてもよろしいですか？　こちらで勝手に撮りますので、気にしないでいただければ大丈夫です」

真崎が一人ずつ名前を確認し、伊澤が撮影の了承を求める。異能係が事件関係者の顔の写真を撮るのは、ヴィジョンの中で人物が見えたときに、椋が確認する必要があるためだ。

通常の手順の捜査であれば、椋は捜査へ来る前に関係者全員の顔写真を見て頭に入れてくるのだが、今回その時間はなかった。

伊澤からの確認に全員が頷いたところで、福良が再び言葉を挟む。

「容疑者の僕たちのこと『さん付け』して呼ぶんですね？　それに、写真とかも勝手に撮られるもんかと。刑事ってもっと高圧的で無愛想なものかと思ってましたけど。異能係だけが特殊なんですか？」

「人によりますが、多くの刑事はわたしと同じようなものだと思いますよ。わたしたちはあくまで、捜査にご協力いただいている立場ですから」

真崎が当たり障りない調子で答え、その間に伊澤が自分のスマートフォンで大学生たちの顔を素早く撮影する。

紫王は軽く身を乗り出すと、福良へ質問を向けた。

「肝試しの行き先を決めたのは福良さんだと伺《うかが》ったのですが、そのあたりの話を詳しく聞かせていただけますか？　僕も詳しい方だと思ってたんですが、白々山に曰《いわ》くつきの廃墟があるなんて話、聞いたこともなかったもので」

これはあくまで捜査であり、事件が発生した現場の場所を選定したということは、犯人として疑われる理由のひとつとなる。しかし福良は質問を受け、嫌がるどころか目を輝かせながら話しはじめる。

「そうなんですよ！『白峰荘《しらみねそう》』は僕が探し出してきた穴場スポットなんです。知名度の低い山の中にあるからか、廃墟好きのマニアの中でも全然知られてません」

「その穴場を、福良さんはどう知ったんですか？」

「さっきも言ったＤＤＷですよ。僕が肝試しに行く場所を探してたら、たまたま白峰荘に行ったっていう人から話を聞いたんです」

「白峰荘というのが、その廃墟の名前ですか？」

「そう、旅館として経営されていたときの名前です。と言っても、約九十年前に白峰荘で大量殺人事件が起きて廃業したみたいなんですけどね。肝試しの舞台としては最高の曰《いわ》くでしょう？」

そこまで黙って話を聞いていた椋が、目隠しの下で表情を曇らせ、小さく呟く。

「……大量殺人事件、ですか」

事件現場で過去に多くの人間が死んでいた場合、椋の能力では、今回の事件とは無関係な人間の『断末魔の視覚』が見えてしまう可能性がある。

しかし、椋の懸念をよそに福良は相変わらず楽しそうに言葉を続ける。

「新月の晩に殺人鬼が忍び込んで、旅館内で出会った人間を次々に殺害して回ったらしいですよ。まあ、僕が聞いたのはあくまで噂ですけどね」

「その噂は本当なんですか？」

紫王が質問を向けたのは福良ではなく、刑事の二人だ。

昨日、真崎の指示を受けて白々山の廃墟について調べを進めていた伊澤は手帳の別のページを開くと、淡々とした声で説明をはじめる。

「警察のデータベースを調べたところ、昭和十年に白峰荘で旅館の経営者と従業員の計八人が殺害される事件が起きたという記録が実際に残っていました。しかし犯人は八人を殺害後、事件が発覚する前に自殺しており、身元は不明のままです。二十代ほどの若い男性ということだけ記録されていました」

「それだけの人数を殺しておいて、犯人がどこの誰かもわかっていない、ということですか？」

「はい。白峰荘は白々山の中腹にあるため、山中で浮浪していた異常者の無差別殺人ではないかという結論に至っていました」

「殺されたのは経営者と従業員で、お客さんは無事だったんですか？　それともそのとき営業してなかったとか？」

「いえ、事件発生当時は宿泊客もいましたし、事件の第一発見者は若い女性の宿泊客です。夜中の犯行で、宿泊客は部屋で眠っていたために、犯人に出くわすことがなかったようですね。侵入してきた犯人がたまたま向かったのが経営者と従業員たちの居住スペースだったために、彼らが殺された、ということのようです」

紫王は軽く首を傾《かし》げた。

「そこまで被害者が偏っていると、犯人の意思のようなものを感じますけどね」

「戦前の古い事件ですので、実際のところどうだったのかはよくわかりません。白峰荘は家族経営をしていた旅館だったようで、従業員が全員殺害された結果、事件解明を訴えるような遺族もおらず、事件の全容が掴めないままに、ほとんど捜査もされていないようです」

「それって、白峰荘の現在の所有者は誰になるんですか？」

「相続人がいなかったようで、所有者不在のまま、今なお放置されていました。あのあたりの土地と建物を手に入れたところで使い道がないというのも大きいでしょう。捜査のために白峰荘に立ち入ることについて、最終的には市に許可を得ました」

伊澤の話を聞きながら、椋の杖を握る手には無意識のうちに力がこもっていた。隣に座っている広斗はそのことに気づき、テーブルの下で椋の膝に軽く手を乗せる。

話を聞くに徹していた広斗は、そこで初めて伊澤へ問いかけた。

「過去の事件で、自殺をした犯人を含めた九人が、それぞれ白峰荘の中のどこで亡くなったかは、わかっているんでしょうか？」

質問の意図としては、その悲惨な事件で人が死んだ場所は椋に見せないように捜査を進めたいというものだ。

伊澤は首を横に振る。

「残念ながらそういった情報は残っていませんでした。ただ、犯人は経営者と従業員たちの居住スペースに侵入したと記載がありましたので、行ってみれば見当がつけられるかもしれません」

そこまで話が進んだとき。我慢ならなくなったように萌香が刺々《とげとげ》しい声をあげる。

「あの！　その古い話って、何か意味があるんですか？　お兄ちゃんを見つけることに役立つとは思えないんですけど」

昨日、警察署を後にするときには泣きどおしで、井原にすべてを任せていた萌香だが、一晩経って気力が回復した様子だ。

「現場が特殊ですからね、その詳細な情報を知るのは、捜査をする上で大事なことなのですよ。まだ殺人なのか事故なのかもわかりませんが、殺人だった場合には犯人を見つけなければなりません。犯人がなぜ、犯行現場に白峰荘という場所や肝試しというシチュエーションを選んだのか、という意図を考えることにもつながってくる」

真崎が丁寧に説明して宥《なだ》めようとするが、萌香はいっそう声を尖《とが》らせた。

「私、そこの霊能力者とかいう胡散臭い人に何を言われても、自分の目で見るまで、お兄ちゃんが死んだなんて話は信じませんから」

萌香が向けた指先は、真っ直ぐに紫王を示している。

「私は、お兄ちゃんを探すための捜査に協力するんです。それでいいですよね？」

「萌香、言い過ぎだぞ」

畠山が萌香の肩に触れ、ぽんぽんと軽く叩く。紫王を睨《にら》みつけていた萌香は拗ねるようにプイと顔を背《そむ》けた。

「こんな無能な警察になんか、行かなきゃよかった」

萌香からの駄目押しの文句に紫王は苦笑し、真崎も閉口する。カフェテリアを冷えきった空気が包んだとき、おもむろに椋が口を開いた。

「智久さんを萌香さんのもとに必ずお帰しすると、約束します」

椋は、智久がすでに亡くなっているということを了解している。しかしそれでも、亡骸を見つけて遺族の元へ帰すことはできる。椋としては、嘘偽りのない約束だ。大学生たちから見れば異様な格好をした椋が真摯に発した言葉には、確かな重みがあった。萌香は数回瞬《まばた》きをしてから、表情をわずかに和《やわ》らげる。

「だったら、こんなところで話してないではやく行きましょうよ。私、先に車のとこ行ってるから」

萌香は言うなり立ち上がり、さっさと歩いてカフェテリアから出ていってしまう。

「ちょっと、萌香！」

井原が呼び止めても、萌香が足を止めることはなかった。

「さっすがお姫様」

面白がるように一言呟いたのは福良だ。

井原は恐縮した様子で紫王へ向けて頭を下げる。

「萌香が失礼なことを言ってすみません。いつも智久が甘やかすものだから、すっかりわがままになってしまって」

実際には、萌香の兄である智久の恋人というだけの関係だが、顔がよく似ている井原が萌香の無礼を代わりに謝る姿は、まるで姉妹のようだ。

ふと、三上が自分の前髪の先をいじりながら笑う。

「甘やかしてるのは智久先輩だけじゃないですよ。畠山先輩はもちろん、井原先輩もそう。福良先輩もなんだかんだ鼻の下伸ばしてるし、みんなにチヤホヤされて、すっかり映研のお姫様です。まあ、ボクもあの顔でお願いごととかされると、ついつい許しちゃうんですけど」

ゴシック調の服装も独特だが、萌香が人目を引くのは、彼女の生まれ持った顔立ちの可愛らしさだ。人気のあるアイドルだと説明されても、疑問を抱かないくらいの容姿をしている。

「萌香は良くも悪くも素直なんですよ。天真爛漫っていうのかな。智久とは妬《や》けるくらい仲のいい兄妹《きょうだい》だったから、兄貴がいなくなっちまって、気が立ってるんです」

萌香のことを庇《かば》うように畠山が付け加えると、紫王は今度はそちらへ視線を向ける。

「畠山さんは、萌香さんといつからお付き合いされてるんですか？」

　突っ込んだ質問に、畠山は一瞬、驚きの表情を浮かべた。

「あ？　ああ……高一の夏に、智久の家に遊びに行って初めて会ったんすけど、付き合いだしたのは萌香の受験が終わった後なんで、二ヶ月前から、かな」

「意外と最近なんですね。もっと長く交際されているのかと思いましたが」

「まあ、知り合ってからの付き合い自体は長いですからね。というか、言ってないのに俺と萌香が付き合ってるって、何でわかったんですか」

「それはこのお方が、対面している人間の守護霊と会話ができる霊能力者だからですよ」

　二人の会話に福良が口を挟んだ。

「畠山先輩、気をつけないと知らず知らずのうちに全部暴かれてますよ。なんと、千年以上の歴史を持つ御嶽神社の、宮司を代々やられている高潔な血筋の方なんですから」

「本当によくご存知ですね。高潔な血筋かどうかはともかく、僕のパーソナリティとしてはそのとおりで。ただ、萌香さんと畠山さんがお付き合いされていることくらいは、お二人の様子を見ていればわかりますけどね」

　紫王は穏やかな微笑みを浮かべた表情を保っているが、軽く頬が引き攣《つ》っている。

　紫王にとって、実家である御嶽神社のことを話題に出されるのはあまり好ましいことではなかった。紫王が、誰に対しても頑《かたく》なに自分のことを下の名前で呼ばせようとするのもそれが理由だ。

　そんな紫王の複雑な感情をよそに、福良は情報通であることに自慢げだ。

「御嶽神社も有名ですし、紫王さんは霊能事務所を開かれているでしょう？　そっから色々と情報が出てくるんですよ。異能係で謎が多いのは、そっちの霧生さんの方なんで……」

　福良が椋に話と視線を向けた瞬間、話を断ち切るように広斗が立ち上がる。

「これ以上萌香さんを一人で待たせるのもどうかと思いますし、追いかけませんか」

「ちょうどそろそろ、一昨日に私たちが出かけたのと同じ時間です」

　井原がカフェテリアの壁にかかった時計を見て答えたことで、全員が立ち上がる。

　現在時刻は午後六時だ。

　広斗がごく自然な流れで椋の手元に腕を寄せ、椋は当たり前の動作として腕に手をかける。そんな二人を、福良は相変わらず興味津々といった様子で眺めている。嫌な気配のする眼差しをあえて無視しながら、広斗は以前も似たようなことをした経験を思い出す。福良の距離の詰め方は、初めて出会った頃の紫王にどこか似ていた。

　カフェテリアを出て、大学の駐車場へ向かいながら真崎が問いかける。

「一昨日は、五人……いや、智久さんを含めて六人で全員同じ車に乗って行ったんですか?」

「そうです。サークルで移動するときは、いつも樑がワゴン車を出してくれるんです。一昨日も、そのまま樑の運転で」

井原が答え、紫王が次の質問をする。

「つまり、現場まで行って帰った車は福良さんのもの、ということですか?」

「正しくは、僕の親のものですね。父が映像関係の仕事をしていて、機材を詰め込む必要があって使っているものなので、八人まで乗れますよ。残念ながら今日ここにいる全員は乗れないんですけどね。どうやって乗っていきます?」

集団の一番後ろをついて歩きながら、福良が説明をした。

「ご心配なく。我々は我々で、ここまで乗ってきた車で追従しますよ」

真崎が返事をするが、紫王は『あ』と声をあげた。

「もし良ければ、僕はワゴン車の方に乗ってもいいですか? できるだけ皆さんと一緒に行動したいので。僕の車は大学の駐車場に置かせておいてもらいます」

「であれば、わたしもワゴン車に同乗させてもらおうかな。伊澤、セダンは君が運転して、椋くんと広斗くんを乗せてついて来てくれ」

萌香はあくまで行方不明になった智久を探すための捜査だと主張していたが、異能係としては、智久はすでに死んでいる前提で捜査に入っている。

智久が死に至った原因が何かしらの事故である可能性もあるが、忽然《こつぜん》と姿を消したという経緯の異様さから、殺人事件であることも当然視野に入っている。つまり、その場に居合わせた大学生たちは容疑者たちということになる。真崎は、そんな容疑者たちの中に、紫王を一人で取り残すことはできないと判断した。

「かしこまりました」

指名された伊澤は頷き、福良が、今度は好奇の眼差しを紫王へ向ける。

「おっ、さっそく霊能捜査ですか？　僕なんかのことを気にかけてる奴なんて思い当たらないんで、僕の守護霊がどこの誰なのか、すげー気になります。ぜひ教えてくださいよ」

椋とは違い、紫王は怯《ひる》むこともなく慣れた様子で、にっこりと外行きの笑顔を返す。

「守護霊にご興味がありましたら、ぜひ後日霊能事務所にいらしてください。特別価格にいたしますよ」

2

大学から一時間ほどの移動中、太陽は迫る山間に沈んでいき、白々山の麓が見えてきた午後七時頃には、外界はすっかり深い暗闇に包まれた。

伊澤、椋、広斗が乗るセダンのヘッドライトは片側一車線の細い道路を照らし出し、前方を走るワゴン車の姿を捉《とら》えていた。

「俺が伊澤さんと一緒に捜査に参加するのは初めてですよね」

伊澤が運転する車の後部座席で、椋に肩を貸しながら広斗が声をかける。車酔い防止のために椋が眠ってしまった三人だけの車内は、大学を出発してからずっと沈黙が続いていた。

「そうですね。私は、霧生さんのサポートとして捜査に入ることが多いですから。今日は上林さんがいらっしゃるので、現場に来るのは私でなくても良かったのですが。昨日別の事件が終わったばかりで、丸山さんはそちらの対応をしているので」

伊澤はきっちり正面を向いて運転したまま一定の調子で話す。

「俺がいないときの椋さんのサポートって、ずっと伊澤さんがやられているんですか？」

「はい。宇城さんは現場には出ませんし、真崎さんは捜査指揮をとる立場です。丸山さんは空気を読まないところが刑事としての長所だと思っていますが、細かい気配りなどはできない方なので」

刑事の丸山は伊澤の先輩であるが、伊澤は彼に対して客観的で正当な評価を下している。丸山は年下に対しても腰が低く気のいい男だが、何事にもおおらかすぎるきらいがある。

丸山のふくよかで朗《ほが》らかな顔を思い浮かべ、広斗は軽く笑い声を漏らす。

「丸山さんはそうですね。椋さんは……」

「霧生さんは、他人の感情の機微を必要以上に汲《く》み取ろうとする方です」

広斗の言葉の途中で伊澤の声が被った。伊澤は話を続ける。

「自我を主張することが苦手で、必要なことであっても、自ら要望を出すことに消極的。サポートをするには、霧生さんの様子から、その時々で望んでいることを汲《く》み取る必要があります」

「そう、ですね」

広斗が曖昧に相槌をうつと、伊澤は次の言葉で会話を締め括った。

「私にはその適性がある。サポートの役目を任され続けている点からいって、真崎さんもそう判断されているのだと思います」

「ええ……そのとおりだと思います」

広斗の、椋に対する感情はアイドルを応援するファンにも近いものがある。

普段の広斗であれば、椋についての話ができることを喜ぶ傾向にあり、伊澤が語った椋の気質については、広斗も同意するところだ。しかし、広斗は胸の中にもやもやとした形容し難《がた》い感情の湧出を感じていた。

広斗が自分自身の抱いた感情に戸惑っている間に、オレンジ色の明滅する光がフロントガラスから差し込んだ。前方を走るワゴンがウィンカーを出したのだ。

「そろそろ現場に到着するようです。すみませんが、霧生さんを起こしていただいてもよろしいですか？」

伊澤から声をかけられ、広斗は一瞬言葉に詰まる。

「……あ、はい。もちろん」

短く返事をして、複雑な感情を押し殺しながら椋の肩を軽くゆする。

「椋さん、そろそろ着きますよ」

そうこうしているうちに、車は白々山を少し登ったところにある空き地にとまった。

三人が車を降りると、ワゴン車に乗っていた者たちがすでにそれぞれ手に懐中電灯を持って待っていた。あたりは街灯のない完全な暗闇であり、手持ちの灯りだけが頼りになる。

広斗も椋に腕を貸しながら、車から下ろした懐中電灯を点灯させ、足元を照らす。

そもそも目隠しをつけたままなので、椋自身は灯りを持っていかない。

「ここから先の道は車では通れないので、歩いて行きます。軽く登山ですが、十分くらいで着きますよ」

福良がそう言いながら先導し、空き地からさらに奥へ向かって歩いていく。

舗装されていない荒れた山道だが、元は旅館まで車で行ける道路だった気配がある。長年にわたり整備がされていないので、ところどころで木が倒れ、土砂崩れを起こしているといった様子で、現状徒歩でしか行けなくなっているだけのようだ。

それでもあたりは鬱蒼とした森であることには変わりなく、高い木々は月を隠して、外を歩いているというのに奇妙な圧迫感があった。

「ただの肝試しをするために、よくこんなところを行こうと思いましたね。安全性など不安になりませんでしたか」

福良の後をついて歩きながら、真崎が感心したようでもあり、どこか呆れたようでもある声音で言う。

福良は肩をすくめて笑った。

「白峰荘までどのように行くか。あの空き地に車を停めて行けばいいとか、道なりに進んでいけば着くとか、細かいことも事前に聞いてありましたから」

「その、ＤＤＷとかいう場所で、ですか？」

「そうですね。ＤＤＷは匿名性が強いことが売りのメタバースなので、実際にどこの誰かは知りませんけど。内容の詳しさからいって、その人は何度もここに来たことがあるみたいでしたよ。だから、別に不安とかはありませんでしたね」

「福良先輩が自信満々に進んでいくからついて行っていただけで、けっこうみんな不安には思ってたと思いますよ。ねえ、井原先輩？」

三上が口を挟み、井原へ話を振る。

「そう……だね。そもそも私は、いくら肝試しだからって言っても、過去に実際事件のあったような場所に行くのは反対だったし」

軽く俯《うつむ》く井原に対し、福良は笑顔のままだ。

「問題が起こった後でそんなこと言い出すのは卑怯でしょー。あ、でも、畠山先輩は萌香ちゃんと一緒で、初めから乗り気でしたよね？　トランシーバーも用意してきてくれましたし」

「乗り気だったからトランシーバーを用意したわけじゃねぇよ。山の中って聞いてたから、もしかしたら電波が届かねぇんじゃと思っただけだ。案の定だっただろ」

畠山の言葉を聞き、真崎は胸ポケットから携帯電話を取り出した。液晶画面に表示される電波が圏外になっていることを確認する。

「ここでは電話が繋がらないのですか。そういうことは、先に言っておいていただかないと、こちらも準備ができませんから」

「すみません、つい伝え忘れてしまって」

　昨日の状況説明を主にしていた井原が恐縮する。

「今日も一昨日と同じようにトランシーバー三台持ってきてるんで、廃墟内で連絡取り合う分には問題ないっすよ」

　畠山が鞄から取り出したトランシーバー一台を真崎へ手渡す。

　それは、『トランシーバー』と言って多くの者が思い浮かべる物そのものの形をしていた。黒く小型の四角い機械で、側面のボタンを押している間だけ、こちらの声が他の二台のトランシーバーに届くというシンプルなものだ。

「トランシーバーは、この肝試しで使うために手に入れたのですか？」

「そっすね。もし電話が通じなかったらまともに肝試しもできないと思ったんで」

　真崎からの質問に畠山は軽い口調で答える。

「なるほど。なかなか気合が入っているのですね」

「肝試し専用ってわけでもなく、今後の撮影のときにも使えますしね」

　一行の会話が進む中、萌香は畠山の隣をついて黙々と歩きながら、しきりに周囲の森の中へ懐中電灯の光を向けてあちこちを覗き込んでいる。

　広斗と椋は、そんな萌香の後を進む。

「目の前の足元にも木が倒れているので、気をつけてください」

椋に腕を貸したまま、広斗は足元を確かめながら逐一注意を促《うなが》し、椋が安全に歩けるように全神経を集中させている。

最後尾は伊澤と紫王だ。紫王は一行全体の様子を眺めながら人間観察に勤《いそ》しむ。一方、伊澤の視線はいつもの習慣で、椋へ向いていた。

山中を歩き続けて十分後。目の前に、周囲の木々や生い茂る蔦に埋もれている人工的な建築物が姿を現した。これが、白峰荘だ。

一見して廃墟だとわかるコンクリート造の長方形の建物で、外観からして平屋であり高さはないが、横に長い。蔦や草葉の間からわずかに覗く、元は白かっただろう外壁は黒ずんでひび割れ、放棄されてからの年月の長さを思わせた。

広斗は、過去にこの場で起こった殺人事件を知らずとも、古いというだけで何とも不気味な雰囲気を漂わせている白峰荘の外観を眺める。

「旅館って聞いていたので、勝手に木造の建物を想像していました」

「建てられた当時としては、とてもモダンな造りだったんだろうね。放棄されてからこれだけ長い年月が経っていると、木造であれば倒壊していたはずだ。コンクリートでできているといっても脆《もろ》くなっているだろうから、注意して行動しよう」

真崎はそう言うと、福良に代わり先頭になって歩き出し、本来は戸があったであろう出入り口から旅館の中へと入っていく。一行も後に続いた。

旅館の中に入れば、館内の空気がひどくこもっていることに気がつく。音がよく反響し、各々の立てる足音ですら不気味に聞こえるほどだ。湿度の高い埃っぽい匂いが鼻につくが、しばらくすると鼻が馴染んで気にならなくなる。

真崎が懐中電灯の光で前方を照らし出すと、古い時代を思わせる玄関ロビーが広がっていた。埃を被り、朽ちたソファやローテーブルが置かれており、右手にはフロントデスクと、元は小さな売店があったであろう設備がある。天井に穴が開いている様子はないが、天井の一部が剥《は》がれ落ちたのか、床の上には様々な瓦礫《がれき》や物品が散乱している。

「椋さん、中にも色々落ちているので、ゆっくり進みましょう」

広斗の囁く注意に椋は頷き、その指示に従って歩いていく。

正面の突き当たりには、広い下りの階段があった。真崎が驚きの声をあげる。

「奥に階段がありますね。外から見て平屋の建物かと思っていたのですが」

「山の斜面に沿って建てられているみたいで、実際は二階建てなんですよ。玄関は二階にあるつくりなので、この階段は一階に繋がっていて、僕たちが今いるのが二階ってことですね」

つまり、入り口のある道から見ると平屋にしか見えないが、もし斜面側から白峰荘を見ることができれば、山の斜面に沿って建っている二階建ての建物全体が見えるということだ。白峰荘の建つ斜面は崖と言っても良い程の傾斜になっているため、外から一階に向かうことはできず、道の上に出ている二階から入る、という特殊な構造になっているわけだ。

福良の言葉を聞きながら、紫王は懐中電灯で周囲を照らす。玄関ロビーから進んだ左右にはそれぞれ廊下が続いていた。

「一昨日はどう行動したんですか？　そのまま再現がしたいです」

「全員で一回中を見て回ろうってことで、はじめは二階を見て回りました。入り口から、まずは右手に」

井原の返答を聞き、紫王は頷く。

「では同じように右手に行きましょう」

その促《うなが》しに従い、真崎を先頭にして廃墟の中を進む。

相変わらず黙ったままの萌香は、館内に入ってからは怖がる様子を隠そうともせず、畠山の腕にしがみついて歩いていた。

白峰荘の構造は、東西に長く伸びた長方形の建物の、長辺の中心に玄関が付いている形になっている。玄関から右手と左手、つまり東側と西側へ向かう廊下があり、廊下の左右には客室がずらっと並ぶ。

それぞれの客室の入り口は、ドアがついて閉まっているところもあれば、外れて床に倒れているところもある。ドアがないところから覗き込めば、客室の中の様子も見られた。全体的に汚れきって朽ちていることには変わりないが、廃墟にありがちな壁への落書きなどは存在せず、侵入者によって意図的に荒らされた様子はなかった。

黒ずみきった畳の上には布団が敷かれたままになっている部屋が多く、白峰荘が営業していたときの姿をそのまま残している。放棄された瞬間にこの場にいた人の気配を感じるほどだ。

広斗は、歩きながら目に映るもののすべてを小声で説明し、椋に状況を伝える。そうして進んでいくと、廊下の突き当たりは他の客室とは雰囲気の違う部屋になっていた。

卓球台とビリヤード台が置かれていたことはわかるが、元々この部屋にあった物品量が多いからなのか、床上の散乱具合がひどい。

「ここは娯楽室のような場所だったんですかね」

部屋の入り口から中を覗き込みながら紫王が言う。

「俺たちもそんな話をしてましたね。こんな荒れ具合なんで、見て回ったときは中には入りませんでした。智久がいなくなってから、一応探しにいきましたけど」

畠山が答え、真崎は頷くと質問を重ねる。

「前回来てから、変わったところはありますか？　気づいたことがあれば、どんな些細なことでも構いません」

「やー、何も変わったところはないと思いますけどね。なあ？　お前らはどう思う」

畠山は首を傾《かし》げ、他の者たちに問いかけた。

「あ、ボク、全員で見にきたときに、入り口からここの写真も撮ってましたよ。その後で智久先輩を探しに入ったんで、ちょっと物の位置とかはずれてると思いますけど」

三上は言うと、手のひらに収まるサイズの真四角の写真を取り出して真崎に差し出す。それは、フラッシュを焚《た》いて撮影された娯楽室の写真だ。全体の印象としての変化はない。

写真の隅には、真崎には見覚えのない男性の横顔が映り込んでいる。鼻梁が高く通っていて、はっきりとした目鼻立ちの男前だ。写真が撮られた際にいたのは映像研究同好会のメンバーだけだと聞いているので、現在同行していないということは、その男性が智久なのだ。

「フィルムで撮影されたもののようですが、この写真はどうされたんですか？」

「肝試しのミッションに使うために、私たちは全員、自分のインスタントカメラを持ってきていたんです。今日も持ってきていますよ」

井原が説明し、鞄から自分のカメラを出してみせる。

それはデジタルカメラに印刷機能が付いているようなものではなく、レトロな雰囲気があるフィルムのインスタントカメラだ。

「なるほど、インスタントカメラですか。若者はもうデジタルのものしか知らないのかと思っていましたよ」

写真の大きさにしては幅の太い白縁が付いている写真を見下ろして真崎がしみじみ言うと、三上は声をたて笑った。見た目は中性的で男性か女性かの判断がしにくい三上だが、笑い声を聞くと、今時の女の子といった印象が強い。

「流行ってるんですよ、フィルムカメラ。画質が粗い感じになるでしょう？　レトロな感じで撮れるのが可愛いって。ホラーの撮影に使うと、怖さも演出できますし」

「わたしはそういった方面に詳しくはありませんが、そういうものですか。こちら、証拠として一旦お預かりさせていただいても構いませんか？」

「はい。たぶんみんな、他にも撮った写真があると思いますけど」

「すべての写真は、あとで確認させてください」

真崎が答えながら、三上から預かった写真を伊澤へと手渡す。伊澤はそれを保存袋に入れ、軽くメモをして鞄にしまった。

「次は反対側に行ったので、戻りましょうか」

井原が促《うなが》し、一行は引き返して玄関ロビーを通り過ぎ、東側へと向かう。

真っ直ぐに続く廊下の左右に客室が並んでいることには変わりないが、途中から右手側の客室のドアがなくなり、ただ壁が続くようになる。突き当たりもただの壁であり、娯楽室があった西側とはそこも構造上の違いがあった。

「ここには客室がないみたいですが、壁の奥には何があるんでしょうね」

「一階のこの場所に大浴場があったんで、大浴場が吹き抜けとかになってて、ここまで繋がってるってことなんじゃないすかね」

真崎の言葉に畠山が答え、福良がにやりと笑う。

「一昨日は、ここを見て回ってる時点では下に大浴場があることなんて知らなかったんで、『例の殺人事件はきっとこの一帯の部屋で起きたんだ。だからこそ、扉が壁で塗り固められて閉ざされたに違いない。この中にはまだ死体が残ってるかもしれない』とか言って、みんなで怖がってたんですけどね」

「みんなで怖がってたって言うか、福良先輩が一方的に萌香を怖がらせてたんじゃないですか。怖がる萌香でかなり遊んでましたよね」

「落ち着かせてくれる智久がいたからまだよかったけど、かわいそうだったわよ」

三上が付け加え、井原が同意する。責められた福良は畠山に矛先を向ける。

「はじめに、ここが殺人現場じゃないかって言い出したのは畠山先輩ですよ」

「悪ノリしたのは福良だろ」

畠山は軽く肩をすくめた。テンポよくやりとりされる大学生たちの会話に紫王が口を挟む。

「このあたりが九十年前の殺人事件の現場なんですか？」

「実際のところはわかりませんが、現場は一階だと思います。行けばわかりますよ」

福良の返答をきっかけに一行はまた玄関ロビーへ引き返し、今度は、正面に見えていた階段を慎重に降りていく。

「ここで階段は終わりです。一階は妙な圧迫感がありますね」

広斗が椋に囁く。椋と共に慎重に階段を降りてきた広斗は、一階に辿り着くと、その場に漂う空気がさらに重苦しくなったように感じた。

現在は夜であり、完全な暗闇の中にあることは一階も二階も変わりないのだが、懐中電灯であたりを照らしてみれば、二階との構造の違いはすぐにわかる。

「一階の廊下は東西どちらも片側にしか客室がありません。反対側は窓もなくただの壁が続いているので、圧迫感の正体はこの壁ですかね。斜面に沿って建てられているってことなんで、この壁は山の斜面にくっついている部分でしょう」

広斗が小声で状況を説明すると、椋は小さく頷く。

「つまり階段か、どこかの部屋を経由しない限りは、絶対に一階の廊下からは外に出られないってことだな」

「そういうことになりますね」

「一昨日の再現をするなら、次に行ったのは左側から、だったと思います」

井原が、階段を降りたままの状態から左手、つまり西側を指し示す。二階には娯楽室があった方面だ。

「ではそちらに行きましょう」

真崎の声に再び移動を開始したところで、紫王はふと足を止める。階段の横から奥に向かって細く短い通路があり、その先に独立した小部屋があった。入り口が二つある。

「ここ何ですかね」

「中見てみればわかりますが、昔のトイレですよ」

振り向いた福良が答えた。

小部屋のドアには、小さな板が貼り付けられている。本来はここがトイレであったことが掲示されていたはずだが、板の表面がひどく汚れてしまっていて読めなくなっている。

ドアを押し開け、中を覗き込んだ紫王が懐中電灯の光を当てれば、男性用だったであろうトイレの中の様子が見えた。

床と壁はモザイク調のタイルで覆われ、手前には小便器が二つ並び、奥側にはドアが完全に取れている個室が一つ、物置が一つある。個室の中の床はそこだけ板張りになっており、中央に陶器製の和式便器が据《す》えてあった。便器の中央にあるはずの穴は本体と同じ陶器の蓋で覆われており、ここが水洗ではなく汲《く》み取り式のトイレであることを表している。すべてが半ば朽ちるように汚れているのは他の場所と変わりないのだが、そこがトイレというだけで不潔感が強い。

「これは、中へ入るのには少々勇気がいるかもしれないですね」

「きったねぇっすよね。俺たちもそう言ってて、肝試しのときも、便所には入らなくていいってことにしてたんすよ。見てて気持ちいいもんじゃねぇから、早く行きましょう」

紫王の感想を受けて畠山が促《うなが》し、一行は再び歩き出す。

西側一階は廊下の片側に客室が並んでいるだけで、特筆すべきところはない。娯楽室と同じ位置にある突き当たりの部屋は他の客室に比べてやや広く、残っている調度品も良いものが使われていることが見受けられる。いわゆる特別室だ。

その様子を確認してから引き返し、階段の横を抜けて、今度は東側へと向かう。

廊下手前は西側と変わらず片側に客室が並んでいるだけだが、突き当たりに大きな二つの入り口が並ぶ。汚れきってはいるものの、『男』、『女』とそれぞれに書かれた暖簾《のれん》が近くの床に落ちている。

「ここが大浴場ですか。二階の客室がなかった場所と一致しますね」

「そうなんすよ。ただ、中見てもらえればわかるんですけど、脱衣所だったんだろうなっていう場所がぐっちゃぐちゃで、危ないと思ったんで……智久を探してたときも、ここはまだ誰も中までは入ってないです」

「智久もここには入らないだろうって言ってたんですよね」

畠山と井原の説明に、真崎は大浴場の入り口から中へと光を向ける。

本来であれば、廊下から一段上がった板張りの間が広がる場所だが、その板のあちこちが朽ち果てて崩れ落ちているうえ、他の瓦礫《がれき》もひどい。一部板が残っている場所もあるが、上に乗ればたちまち崩壊するであろうことは想像に難くない。

「こちらも突き当たりということは、これで旅館内部はすべて見て回ったということになるのでしょうか」

「いや、まだですよ。ここからが本番と言っても過言じゃないですね」

内部の状況を確認し終えた真崎の言葉に対して福良は楽しそうに笑い、懐中電灯の光を奥へと向ける。

そこは一見すると、廊下の壁と、大浴場の入り口がつけられた壁が交差するただの角のように見える。しかし実際には、人が一人通れる程度の細い廊下が続いていた。

「行ってみればわかりますけど、ここから先は雰囲気が違うんです。バックヤードというか、さっきの伊澤さんの説明で言えば『従業員たちの居住スペース』だったのかな、と思っています」

囁くような井原の言葉。

広斗は、自分の腕にかけられている椋の手に力がこもるのを感じた。そこから伝わってくるのは、椋の不安と緊張だ。過去の大量殺人事件は、従業員居住スペースが現場となっている可能性が高い。

広斗が言葉をかけようと口を開きかけたとき、伊澤の声が先行した。

「霧生さん、いつものようにサポートしますから、ご安心ください」

「はい。ありがとうございます」

声のした方へと顔を向け、椋はわずかに表情を緩ませた。

伊澤がさらに言葉を続ける。

「ここから先の廊下は幅が狭く、人が一人歩いて通れる程度です。横に並んでは行けませんので、私の肩に捕まっていただき、前後で歩いていく形にしましょう。手をお貸しいただいてよろしいですか」

「わかりました」

椋は右手に杖を持っているため、伊澤の言葉に応じて伸ばしたのは、広斗の腕にかけていた左手だ。伊澤は椋の手をとって、椋と同じ方向を向きながら自分の肩に乗せる。こうして前後に並ぶ形を取れば、狭い廊下も通ることができる。

「では、気を引き締め直して行こうか」

椋の準備が済んだのを確認した真崎は、先陣を切って狭い廊下を進んでいく。椋と伊澤を含めた他の者たちも、全員が一人ずつ後に続く。

広斗はその最後尾につきながら、前を歩く椋の後ろ姿を眺めていた。

伊澤は女性にしては長身だとはいえ、椋より十センチ程背が低い。一方の広斗は、百八十センチ近くある椋よりもさらに長身だ。そのため、椋が広斗の肩に手を置こうとすれば、位置が高くなってしまう。肩に手を置いてもらう形での先導をするのであれば、体格的に伊澤がやった方が椋にとって負担がない。

頭では理解しながらも、自分の元からごく自然に離れていった椋の姿に、なんともいえない複雑な感情を抱くことを止められなかった。

「ここは、厨房か」

突き当たりの扉の先、先頭を行く真崎がそう声を上げると、他の場所とは声の響き方が異なっていた。

壁のすべてにタイルが敷き詰められているややひらけた空間には、業務用の調理台などが並んでいる。台の上にも床の上にも瓦礫《がれき》や調理器具などの物が散乱し、元の厨房がどういった状態にあったのかはわかりにくいが、通り道だけは確保されていた。

厨房の中央部まで進んで左手に曲がると、奥へと繋がる別の出入り口があり、さらに廊下が伸びている。つまり、二階は東西に長いシンプルな長方形状だったが、一階は厨房からさらに北側に棟が伸びるL字の構造になっているということだ。

厨房の先は、他の場所と比べてもいっそう空気がこもっている。

浴場の横を抜ける通路よりは広く、人が二人横に並べる程度の幅になっている廊下の左右には、それぞれ三部屋ずつが並ぶ間取りになっており、一定間隔で壁に出入り口がぽっかりと開いている。広めの開口部は、元は襖《ふすま》が入っていた名残だ。ただし、廊下の突き当たりだけは襖《ふすま》ではなくドアが閉まっていた。

左右に並ぶ部屋は廊下との仕切りがなくなっているので、歩いていくと自然と中が見える。

部屋の中には汚れきった畳が敷かれ、生活感溢れる家財が残っている。見るからに他のエリアとは雰囲気が異なり、ここが従業員の居住スペースだったことがわかる。

部屋の大きさには統一性がなく、かつてその部屋に暮らしていた者の、旅館内での立場が反映されていることが窺い知れた。

各部屋の中にはそれぞれどす黒い染みがついている布団が敷かれたままになっている。それが殺人事件の被害者の血痕なのか、それともただの経年による汚れなのかは判断ができないが、他の客室の汚れ方とは違うことは確かだった。

このエリアに足を踏み入れてからというもの、誰が指示したわけでもなく、全員が口を閉ざしていた。各々の呼吸と足音だけがあたりに響くことになる。

真崎は廊下の端まで進むと、錆びたノブに手をかけ、ひどく耳障りな軋《きし》みを立てながらドアを押し開ける。

出入り口の建具だけが異なっていたが、そこはこぢんまりとしているだけで、廊下の手前に並んでいた他の部屋と大差ない様子の個室だった。

畳の上には一組の布団。奥の壁に面して棚と鏡台が一定間隔で並べられ、棚の横には襖《ふすま》のなくなった納戸《なんど》がある。この部屋の埃の被り方は、他の部屋と比較して全体的にまばらになっており、最近人が活動した形跡が感じられた。

真崎は、自分の後に続いて部屋の中へ入ってくる全員を振り返る。

「ここで正真正銘、最後ですね？」

「そうです。全部周りきりました」

福良が答え、紫王は部屋のあちこちに懐中電灯の光を向けて観察する。

「この部屋、窓がいっさいないんですね。山の斜面に沿って建てられているからなんでしょうか。ここだけ入り口もドアですし、まるで閉じ込められているみたいな」

紫王の呟きを受け、白峰荘についてからずっと沈黙を貫いていた萌香が口を開く。

このときを待ち望んでいたかのように。

「お兄ちゃんは、この部屋から消えました」

3

萌香と井原は、警察署で捜索願いを提出しようとしていた当初から、智久が『消えた』と訴えていた。智久がいなくなったときの状況は事前に聞いていたが、実際にその現場を目にした今になって、真崎はことの奇妙さを真に理解する。

部屋に窓はなく、外へ出るには廊下を通るしかない。だが智久が消えたとき、廊下には萌香がいた。萌香がちょうど別の部屋に入っていたタイミングだったとしても、他の部屋の出入り口には建具がなく、振り返れば見つけられる見通しの良さがある。

「萌香さんが智久さんを残して廊下に出たとき、ドアは閉めて行きましたか？」

部屋のドアについている蝶番部分に懐中電灯の光を当てながら、真崎が問いかける。

「手を離してみるとわかると思うんですけど、そこのドア、閉めようとしなくても勝手に閉まるようになっているんですよ。ドアストッパーとかないと開けておくことができないみたいで」

真崎が開けたドアから手を離すと、萌香の言うとおりにドアは自然と閉まっていく。またドアをゆっくり開閉してみるが、どんなに慎重に動かそうにも、必ず耳障りな軋《きし》み音を立てた。

つまり、仮に智久が自ら部屋を出て行ったのだとしても、ドアの開閉音がする限り、萌香に気づかれずに移動するのは難しいということだ。真崎は改めて異様な事実を認識して低く唸《うな》った。

そこに紫王が声をかける。

「考えるのは後にして、ひとまずは再現捜査を続けましょう。全員でひととおり白峰荘の中を見て回りましたが、この後は肝試しのミッションを開始したということでいいんですかね？」

「そうです。まず翔先輩がミッションの説明をしてくれて」

質問に答えたのは井原だ。

「畠山さん、一昨日やったのと同じように説明していただいていいですか？」

紫王が促《うなが》すと、畠山は荷物から二つのトランシーバーを取り出した。山中で真崎に渡したものと同型だ。

「じゃあ、あんときと同じ感じで喋りますね」

そう前置きをしてから、説明をはじめる。

「Aグループはここから、Bグループは一階の逆サイドの突き当たりの、ちょっと豪華な部屋から出発しよう。Aグループ、Bグループのそれぞれにトランシーバーを一台ずつ渡す。俺はBグループとして一つ持ってくから、Aグループは智久に任せた……と。今日は智久の代わりに上林さんに渡しときますね」

畠山はトランシーバーを一つ、たまたまそばにいた広斗に手渡した。

「三つ目のトランシーバーはゴールに置いてくる。ゴールは二階ロビーのフロントでいいよな？　と聞いて、特に文句が出なかったので、そうしました」

話を聞き、真崎は渡されていたトランシーバーをポケットから出して頷く。

「これはフロントに置いてくればいいわけですね」

「はい。んで、ミッションの詳細を説明しますね。Aグループ、Bグループのそれぞれから一人ずつ同時に出発。出発した奴は廊下の途中にある全部の部屋に入って、証拠としてカメラで写真を撮りながら進む。両方が同じくらいの速さで進んでいけば廊下の真ん中のあたりで会えるだろ。合流したら、そっからは二人行動だ」

つまり、ミッション中は途中まで一人で行動することになる。

「階段を上がって、ゴールのフロントに置いてあるトランシーバーから連絡をする。前の組のゴール連絡を受けてから、また次の組が出発する、と、これを全員やるまで繰り返す」

「ミッションを終えたボクと福良先輩、途中だった畠山先輩と萌香の四人は一人行動中に撮った写真があります」

三上が自分のインスタントカメラを見せながら言う。

「では、そのときの写真をご提出いただけますか」

真崎が促《うなが》し、四人はそれぞれ持ってきていた写真を出した。伊澤がそれらの写真を人ごとに分けて保存袋に入れる。

撮影者と場所は違えど、すべて白峰荘の部屋を撮影したものなので、どれも変わり映えがしない。しかし、その場に行って参照してみれば、どの写真がどの部屋を写したものであるかは判別がつきそうだった。

写真の回収作業をしている間に、紫王が畠山へ問いかける。

「ちなみに、どういう風にグループと組を分けたんですか？　できれば、なぜそうなったのか、経緯もお聞きしたいです」

「このルールだと、組のどっちかが遅ければ、もう片方がフォローできるのがいいでしょう？　俺は萌香とやりたかったんで、グループを分けようって提案しました」

「それいいなって思って、私と智久もグループを分けたいって言ったんです。そうしたら萌香が、『待ってるのも怖いから智久と一緒のグループがいい』って言ったんだよね」

井原が話に加わり、畠山が頷く。

「ああ。そっからは俺が適当に割り振りました。じゃあゴールには俺がトランシーバー置きに行くから、萌香と智久と福良がAグループで、こっから出発。俺と井原と三上はBグループで、反対側から出発なっつって。それで移動開始した感じっすね」

「なるほど。では実際に分かれてミッションの再現を開始しましょう。伊澤、椋くん、広斗くんはAグループについてくれるかい？　わたしと紫王くんはBグループについていこう」

そうして異能係側の組み分けも決まると、畠山、井原、三上、真崎、そして紫王の五人は部屋から出ていく。

その場にいる人数が少なくなると、廃墟の中に満ちる静寂は先ほどよりもいっそう際立《きわだ》った。

出て行ったBグループからの連絡を待ってしばらく。

「あ、あのっ。上林さん」

暗闇に圧迫されるような空気に耐えかね、萌香が沈黙を破る。彼女が意を決して声をかけた相手は、広斗だった。

「ん、俺に用事？　どうかした？」

萌香が自分に声をかけてくるとは思っておらず、一瞬不自然な間が空いたが、呼びかけられていることに気づいた広斗は振り返り、軽く首を傾《かし》げる。

相手が大学生であっても、仕事上の関係者であれば真崎は敬語を使う。しかし広斗からは咄嗟にフランクな問いかけが出た。広斗には、自分が警察に所属する人間ではないという意識がある。また、三月まで大学生だった広斗からすれば、萌香は後輩のような存在だ。

「その……腕を組んでもいいですか？」

萌香はもじもじしながら、小声で問いかける。萌香には畠山という恋人がいて、その事実は周囲にもオープンにされていることだ。だが、萌香の可愛らしい見た目もあり、ごく普通の男であれば勘違いしそうになる言動である。

ただ、広斗は鼻の下を伸ばすでも動揺するでもなく、かつて自分の通っていた大学で見せていたような、よそゆきの調子で言葉を返す。

「どうかしたの？　疲れちゃった？」

「いいえ。そうじゃなくて、こうして一人で立ってるのが、なんだか怖くて」

「ああそっか、ここでお兄さんとはぐれたんだもんな。それで萌香さんが楽になるなら、俺は構わないけど」

広斗はごく自然に智久と『はぐれた』と言った。彼がまだ生きていると感じさせる広斗の言葉の選択に、萌香の表情が明るくなる。

「ありがとうございます。何かしてるならまだしも、待ってるだけって、一番怖くないですか?」

「そうかもしれないな。気を紛らわせることができないから」

「一昨日は、自分の番が来るまではお兄ちゃんにくっついてたんです。だけど、今はいないから……お兄ちゃん、本当にどこにいるんだろう」

そう話しながら、許可を得た萌香は広斗の腕に両手をかけた。

腕を貸すことには慣れている広斗だが、腕にただ手を乗せるだけの椋とは違い、萌香はぎゅっとしがみついてくる。自然と萌香の胸が腕に当たる形になった。さすがの広斗も軽く動揺する。

そんな萌香の姿を見て、福良が鼻で笑う。

「萌香ちゃんってマジで面食いだよね。くっつく対象にあえて初対面の上林さんを選ぶとかさ。美形度合いで言ったら霧生さんの方が上かもしれないけど、萌香ちゃんの好みは上林さんなんだね?」

「面食いとか、好みとか関係ないですから」

「じゃあ僕でも良かったんじゃないのー？　まだ知り合って一ヶ月くらいだけどさ、同好会の先輩だよ？」

「だって、楪先輩頼りないし、すぐに私のこと怖がらせようとするじゃないですか。何かあったとき、この中では上林さんが一番守ってくれそうだから」

萌香は唇を尖《とが》らせて不満を表明するが、福良はからかうような調子で話を続ける。

「でもさ、萌香ちゃん怖いの好きだよね？　肝試しも、白峰荘に来ることも元々すっごい乗り気だったでしょ」

「たしかに話だけ聞いて、行きたいって言いましたけど。怖いものは怖いんです。それに、今となっては肝試しなんてしたこと後悔してます。一番頼れそうな人にくっついて怖さを紛らわせて、何が悪いんですか？」

福良と萌香の勝手な会話を聞き、広斗は乾いた笑いを漏らす。

「評価してもらえるのはありがたいけど、その理屈で言ったら、この場で一番守ってくれるのは刑事の伊澤さんじゃないかな。俺は警察の人間じゃなくて、あくまで椋さんの助手だから」

話を向けられた伊澤は一度チラリと広斗を見たが、特にコメントをするでもなく再び視線を前へ向ける。彼女の腕には、椋が軽く手をかけていた。どことなく、主人からの指示を待っている盲導犬のような雰囲気がある。

「伊澤さんの腕は霧生さんが使ってらっしゃるみたいですし。それに、上林さん、雰囲気がちょっとお兄ちゃんに似てるんです」

広斗の腕にしがみついたまま萌香が言うと、広斗の言葉に反応し、福良が会話に割り込むようにして早口で話しはじめる。

「あのー、警察の人間じゃないってことは、上林さんは霧生さんが私費でつけてる助手ってことですか？　ホームズとワトソンっぽくて格好いいっすね。ただ僕、霧生さんはお金に困ってるのかと思ってたんですけど、私費でそんな助手雇えるくらい、異能係の外部パートナーって給料いいんですか？」

その不躾な質問に、広斗は唖然《あぜん》として一瞬言葉を失った。驚いたのはそれまで黙って全員の会話を聞いていた椋も同様だが、広斗を庇《かば》うように質問で返す。

「お金に困ってるのかと思ってたって、すごい言われようですね。俺、そんな風に見えてましたか？」

「だって霧生さんって、『霧生家惨殺事件』で生き残った、当時高校生だった弟ですよね？」

唐突に出てきた『霧生家惨殺事件』の名前に、椋は表情を失い息を詰めた。この場の空気がいよいよ冷えきったことにも気づかず、福良は話し続ける。

「あれだけ悲惨な事件のあった家に住み続けてるって、そういうことなんじゃないんですか？　普通の感覚だったら家族が殺された家に住み続けられないでしょ」

「……どうして、そんなことを知っているんですか」

「僕、DDWで異能係の動向をいつも追ってたんですって。言ってしまえばファンなんですよ。だから、『霧生家惨殺事件』の生き残りが外部パートナーの一人っていうのは、もうわかってました。あとは、普段から完全に目隠しして生活してるとかいう、本当かどうかわからない情報くらいしかなかったんですけど」

カフェテリアで初めて出会ったとき、福良は『霧生椋ってマジで普段から目隠ししてんだ』と口走っていた。その理由は、椋の噂がDDWに流れているからだったのだ。

「あんまりにもアレだったんで僕は疑ってましたが、本当のことでしたね。あ、でも『霧生家惨殺事件』のこと自体もDDWじゃ話題ですよ。そういう血生臭い事件って珍しくて面白いから」

熱が入ったのか、福良が独特の早口で紡いでいく言葉の一つ一つが、椋の心のプライベートな部分を踏み荒らしていく。椋は目元を隠していてもわかるほどに表情を強《こわ》張《ば》らせ、立ち尽くすことしかできなくなっている。

今度は、代わりに広斗が福良に詰め寄る。

「おい、言っていいことと悪いことがあるだろ」

怒気を孕《はら》んだ低音で威圧するが、福良は軽く肩をすくめるだけだ。

「おっと、『面白い』はさすがに失言でしたね。すいません。でもせっかくこうしてお会いできたんで、どうしても聞きたいことがあるんですよ」

反省する様子もなく、さらに言葉は続く。

「唯一の生き残りである霧生さんが『霧生梓《あずさ》』のことをどう思ってんのか。ＤＤＷじゃ恨んでるだろうなって意見が大半ですけど」

「いい加減にしろっ」

萌香にしがみつかれたままの広斗は、黙らない福良に掴み掛かろうとした。

「広斗」

荒れた声の調子だけで広斗の動きを察知した椋の、たしなめるような一言が広斗を止める。

椋は気持ちを落ち着かせるように大きく息を吸ってから、福良へと向き直る。福良の口から、あまりにも聞き逃せない単語が出たからだ。

「どうして、俺が姉のことを恨まなきゃいけないんですか」

そう、静かに問いかける。

福良の口にした『霧生梓』とは、五歳年上だった椋の姉だ。殺されたときは、福良たちと同じ明東大学の二年生だった。

歳の離れた椋の面倒をよく見てくれた、優しく聡明で美しい姉が、椋は大好きだった。

椋の両親と姉を殺した犯人は、勤めていた会社が家から近かったというだけの男だ。椋はもちろん、両親や姉とも面識のない見ず知らずの人物だった。異常者の凶行に、運悪く巻き込まれてしまっただけの、何の罪もない家族。事件が起きてからずっと、椋はそう思ってきた。

その確信にわずかなひびが入ったのは、椋が異能係の外部パートナーとして初めて事件の捜査に参加した日の夜のことだ。

紫王は、椋の守護霊が椋の姉であり、その姉が椋に『全部私のせい。ごめんなさい』と謝っていたと伝えてきた。姉に謝られることなど思い浮かばなかった椋は一時的に動揺はしたものの、以来、そのことについて深く考えないようにしていた。

紫王に頼めば、自分の守護霊である姉からより詳しい話を聞けるかもしれないということはわかっていたが、半ば聞かなかったふりをしてしまったのだ。しかし、姉が自分へ向けた謝罪の言葉の理由が、心の隅ではずっと気になり続けていた。

そして今、福良という失礼極まりない男は、なぜ自分に姉への怨恨の有無を尋ねてきたのか。わずかな緊張を感じながら返事を待っていると、福良は相変わらずの軽い調子で次の言葉を紡いだ。

「だって、犯人の合窪敏樹の犯行動機って、霧生梓に強請《ゆす》られてたからじゃないですか」

「ゆすられてた？」

想像もしていなかった返事に、椋は反射的に言葉を繰り返す。口に出してはみたものの、いまだ内容を理解できたわけではなかった。それだけ、椋の知る姉は『強請《ゆす》り』という単語とはかけ離れた存在だった。

この場にいる全員が驚き、話題の重さに息を詰めている中、福良だけが楽しそうに話し続ける。

「夜勤だった合窪敏樹《ごうくぼとしき》は、通学する霧生梓とたびたび電車の中で顔を合わせてたんですよね。初接触としては、合窪敏樹が霧生梓に痴漢をしたんですが、その痴漢をしているところの映像を、犯罪の証拠として霧生梓に撮影されてたんですよ」

まるで、すべての人が知っていて当然のことであるかのように語られる一言一言が、椋にとっては青天の霹靂《へきれき》だった。

「それ以来、会社に痴漢映像を送りつけるぞって脅されて、霧生梓にずっと金を巻き上げられていたらしいじゃないですか。もちろん痴漢するヤツがいけないに決まってますけど、だからといって、強請《ゆす》りをしていいのかっていうと、どうなんですかねっていうか。そういう話もあって、霧生さんってお金に困ってるのかなって」

話を聞きながら、椋は足元が急に抜け落ちていくような感覚に包まれていた。無重力に放り出され、臓腑がグッと持ち上がる不快感。

何を言うべきか、言葉が見つからないままに椋が口を開きかけたそのとき、広斗が持っていたトランシーバーから真崎の声が聞こえてくる。

『準備が完了した。さっそく、再現を行おう』

いくら福良の言葉の詳細が気になるといっても、今は捜査の真っ最中だ。事件と関係のないことについて話し込むわけにもいかない。

衝撃の暴露だけを残し、それから間も無く、肝試しの一組目である福良が部屋から出ていった。Aグループから福良には伊澤が、Bグループからは三上に真崎が付き添って出発する。

トランシーバーはそれぞれの出発地点に残されているため、移動中の彼らの様子はわからない。待機を続けている者たちはただ、フロントデスクに辿り着いたというゴールの連絡が来るのを待つだけだ。

「楪先輩がごめんなさい。あの人、本当にデリカシーとかなくって、映研の中でも浮いてるんです。でも謎の行動力もあって、困ったものですよね」

福良と伊澤がいなくなり、先ほどまでとは別の意味で静まりかえった室内で、気まずそうに萌香が言った。椋はゆっくりと首を横に振る。

「俺の過去について、あれこれ言われるのは慣れています。それに、萌香さんが謝ることではありませんから」

「まあ、そうなんですけど。一応は先輩なんで」

会話はそこで一度途切れる。広斗が椋に『大丈夫ですか』と小さく声をかけたが、椋は頷きだけで応《こた》えた。

それからまたしばらく沈黙が続き、今度は広斗が萌香に問いかける。

「福良さんが言ってたＤＤＷって、萌香さんもやってるの？」

「いえ、そういうのがあるって話は聞いてますけど、私はやったことはないです。楪先輩以外で使ったことあるって言ってる人、身近なところではいないですもん。私もオカルトなことは好きなんですけど、ＤＤＷは結構アングラなイメージなんで、怖くて」

「使うには、何か特別な機材が必要なんだろうか」

「私もあんまり詳しくないんですけど、パソコンなりスマホなりあればできると思いますよ。使ってみたいんですか？」

「本当に椋さんの情報が出回っているのなら、消したいと思ってる」

広斗の言葉に、萌香は表情を曇らせる。

「うーん。それはけっこう難しいかもしれませんね」

萌香はそれから『楪先輩から聞いた話ですが』と前置きした上で説明をする。

「大本の運営が日本じゃなくてアメリカの個人なのと、昔の電子掲示板みたいに、一つのところに情報が書き込まれているわけじゃなくて、各ユーザーがそれぞれでデータを持ってる形らしいんですよ。だから、削除の依頼とかしても、対応してもらえないんじゃないかなって。詳しくはあとで楪先輩に聞いた方がいいと思いますけど」

「なるほど。教えてくれてありがとう」

広斗は渋い表情を浮かべて返事をする。椋の情報を広めていそうな張本人に、その情報を消したいと相談したところで、解決策を教えてはもらえないだろうという予感がした。

広斗が小さくため息を漏らすと、椋が声をかけてくる。

「気にしなくて大丈夫だ、広斗。さっきも言ったが、俺は慣れてる。家族仲から親の経済状況まで、テレビで大々的に報道されていた事件直後を思えば、アングラな場所で噂になっていることくらいなんでもねぇよ。まずはこの事件の捜査に集中しよう」

目隠しで顔の半分が隠れていることもあり、椋の表情はうまく読み取れない。しかし広斗には、椋が必死に動揺を押し殺していることがわかった。

ただ、当事者である椋が捜査に集中したいと言うのであれば、広斗がその気持ちを掻き乱すことはできない。頭を切り替え、広斗は頷いた。

「……はい。わかりました」

　それからおよそ三十分後、再びトランシーバーから真崎の声が聞こえてくる。

『一組目がゴールのフロントデスクにたどり着いた。出発地点を出てからそれぞれ部屋の写真を撮ってまわり、大浴場の前あたりで合流。階段を上がってゴールに来た。三上さん、福良さん共に特に問題はなく、一昨日とも変わった様子はないとのことだ。Bグループ側に伊澤が到着していれば、二組目出発しよう』

　つまり、合流してからは福良と三上を真崎に任せ、伊澤は二階へは行かずに今度はBグループの出発地点に向かっていたのだ。微かなホワイトノイズが挟まり、今度は伊澤の声がする。

『伊澤、Bグループの出発地点に到着しています』

　また微かなホワイトノイズが入って、再度真崎が話しはじめる。

『よし。では、次は萌香さんと畠山さんの番だな。畠山さんには再度伊澤がついて行ってくれ。紫王くんはそのまま井原さんと待機。Aグループは、一昨日はそこに智久さんがいたはずだが、今日は全員で移動してもらって構わない。萌香さんの行動が重要になるので、トランシーバーで随時状況を説明してくれ。行動開始しよう』

「了解しました。こちらの状況は随時俺から伝えます」

真崎の言葉が終わったところで、広斗が発話ボタンを押して返事をした。

「じゃあ、行こうか。萌香さん、先頭を歩いてもらえる？　一昨日したように行動してもらえれば大丈夫だから。俺たちはすぐ後ろをついていくから、心配しないで」

広斗は萌香を促《うなが》すと、自分は椋の横に立って、その手元に自分の腕を寄せた。椋も慣れた様子で広斗の肘の内側あたりに手をかける。

椋の細い指先にいつもよりも力がこもっていることに、広斗は気づいていた。

4

軋《きし》むドアを押し開け、手にした懐中電灯で先を照らしながら廊下へと出る。

萌香に続いて椋と広斗も部屋を出たところで、ドアは再び音を上げながら閉まった。

一昨日は、この部屋の中に智久が一人で残っていたことになる。

廊下の先は厨房へ繋がっているが、その手前には左右にそれぞれ三つずつ別の部屋の出入り口がある。

「全部の部屋に入って写真を撮らなきゃいけないので、まずは一番近い右側のところから行った気がします。すごく怖かったので、ただ歩くだけでも、かなり時間がかかってしまっていたと思います」

あたりが静まり返っているからか自然と小声になっている萌香が、説明しながら進んでいく。その声を全員に伝えるため、広斗はトランシーバーの発話ボタンを押しっぱなしにしていた。

怯え、狭い歩幅で行く萌香の進みは確かに遅い。

萌香は最も近い部屋へと入り、一歩進んだ程度のところで立ち止まる。懐中電灯を持っていない右手だけでインスタントカメラを構えると、シャッターを切る。その瞬間に自動的にフラッシュが焚《た》かれて、眩《まばゆ》い光が部屋全体を照らし出した。

先ほどまでいた部屋と同じで窓がなく、さらに狭い部屋だ。納戸《なんど》があり、部屋の隅には鏡台が置かれている。中央にドス黒い染みのついた布団が一組だけ敷かれ、異様な存在感を放つ。

写真を撮り終えるとすぐさま踵《きびす》を返し、逃げるように部屋から出てくると、萌香は広斗に視線を向けた。広斗は、トランシーバーの先にいる真崎たちと椋に状況を伝えるため、目に入るすべてのものを口頭で描写し、状況を伝えていた。

広斗が頷いてみせると、萌香は次の行動へ移る。

「次は、反対側の部屋に行きます」

廊下を挟んで反対側にある入り口から中へと入る。そこは今さっき入った部屋の二倍ほどの広さがある。床間に加えて、様々な家財道具が置かれ、布団が一組敷かれている。他の相違点としては、この部屋には窓があった。

「椋さん、ちょっとここで待っていてください。窓の外の様子を見てきます」

広斗は椋に言い置くと、写真を撮り終えた萌香と入れ替わりになる形で部屋の中へと入った。足元を確かめながら窓際に近づき、懐中電灯で外を照らす。

外観からわかっていたことだが、白峰荘は外壁全体を茂った蔦に覆い隠されている。窓も例外ではなく、ほとんどが蔦に覆われていて、外の景色をまともに眺めることもかなわない。幾重にも絡み合った蔦の隙間から覗き見る。

「ここが一階だということで、窓の外には地面が続いているものかと思っていたんですが、斜面というよりかは断崖絶壁に近い山肌になっていますね。最近窓が開けられた様子もありませんし、とてもこの窓からは外に出られません」

広斗が状況を説明していると、萌香が補足する。

「みんなでお兄ちゃんを探していたときにも、そこの窓から外に出たんじゃないかって話にはなったんです。でも、外の蔦が剥《は》がされた様子もないし、窓の桟に一面、埃みたいなものが積もっているでしょう？　足跡もないし、窓から出たってことはないと思います。そもそも、その窓が開くのかもわかりませんけど」

萌香の言うとおり、窓の桟には埃のような汚れが一面についている。端に軽く指で触れてみると、どうしたって痕が残ることがわかった。広斗が部屋から出てくると、萌香は隣の部屋へ移動する。

「じゃあ、次行きますね」

部屋の広さは、突き当たりの部屋よりやや広い程度。この部屋にも窓があったが、状況は隣の部屋同様だ。布団は一組であり雰囲気は先の部屋と変わりないが、立派な仏壇が目を引く。

広斗が室内の細部を確かめ、萌香は同じように室内を撮影して、今度は廊下を挟んだ反対側の部屋へと移動する。

斜面側に位置するので窓はない。広さはそこそこあり、布団が三組も敷かれていることから、複数の者が生活していた部屋であることがわかる。

「反対側の部屋は布団の数も多いですし、他の部屋とは少し雰囲気が違います。例えば、住み込みで雇っている従業員が共同生活している部屋とか、そういう感じです」

トランシーバーと椋に向けて広斗が説明をし、その間に萌香が写真を撮る。

隣の部屋は荷物が多く詰め込まれており、それが崩壊して足の踏み場がない状態になっているが、一見して倉庫として利用されていたことがわかる場所だった。

萌香は倉庫らしきその部屋には入ることなく、廊下から写真撮影を終えた。

倉庫の向かいの部屋には窓があり、布団も敷かれている。他の部屋とは特筆するような違いは見受けられない。萌香が室内まで入って撮影し、広斗が窓の様子を確かめる。もちろん、こちらの窓にも異変はなく、人が出ていった形跡はどこにもなかった。

倉庫を含めた六部屋をまわり終え、広斗が萌香に声をかける。

「一昨日も、ここまでは特におかしなことはなかった？」

「とにかく怖かっただけで、気になることは何も」

「つまり、突き当たりの部屋のドアが開く音も聞こえなかった、ということですよね？」

その質問をしたのは椋だ。

「はい。私しかいなかったから、ここは今日以上に静かでした。足音とかシャッターの音とか、自分の立てる物音がすごく大きく響いている気がしたくらい。あのドアが開く音がしていたら、聞き逃すはずがありません」

「なるほど……次に向かったのは、厨房ですか？」

萌香は頷きで答えると、相変わらずゆっくりとした歩みで厨房へ入り、中ほどまで進んだところで足を止める。

「厨房の真ん中。このあたりまで来たところで、人の叫び声みたいなものが聞こえた気がするんです」

「それは、どこから？」

「あちこちに反響する感じで、よくわかりません。あえて言うなら、下の方からでしょうか。びっくりして思わず私も悲鳴を上げて、しばらくここにしゃがみ込んでました」

萌香はそう説明しながら、実際にその場に屈んでみせる。

「その叫び声が聞こえたのは、一回だけ？」

「はい。そのあとは無音でした。しばらくここでこうしてたんですけど、一人でいるのも怖いし、もう進めないと思ったから、お兄ちゃんのところに帰ることにしました。それに、私の悲鳴が聞こえたはずなのに、お兄ちゃんが来てくれないのはおかしいなって、少し思ったんです」

立ち上がった萌香が踵《きびす》を返し、歩いてきた廊下を戻って、突き当たりのドアノブに手をかける。一昨日の出来事を思い出したのか、彼女の手は、側から見ていてもわかるほどに震えている。

「それで、ドアを開けると……」

ゆっくりと、軋《きし》むドアが開く。当然、そこには先ほど三人が出てきたときと変わりない光景が広がっている。ガランとした、誰もいない部屋。

それは、一昨日も同様だった。

「ここにいたはずのお兄ちゃんが、どこにもいなくなっていました」

萌香の絶望を含んだ声音に、椋は息を潜める。

「私、もうわけがわからなくて。『お兄ちゃん、お兄ちゃん』って呼びながら、廊下に出ました。この部屋にいないことは、もう明らかに見えていたので」

言葉の通りに萌香は再度廊下に出ると、付近の部屋の一つ一つに入って、中の様子を確かめていく。

「もしかしたら、このあたりのどこかにいるんじゃないかと思って。全部見て回って、お兄ちゃんがどこにもいないことを確認しました」

そんな萌香の様子を見守りながら、広斗は低く唸《うな》る。

近くに部屋は複数あるが、その窓にも人が通ったような痕跡はない。廊下を歩いて出て行こうにも、突き当たりの部屋から外へ向かうには厨房を通らなければならず、その厨房には萌香がいた。萌香が智久の姿を見ていない以上、智久がそこを通ったわけがないことは明らかである。

人体消失、あるいは、オカルトめいた単語を選ぶのであれば神隠し。そう形容しなければとても説明のつかない現象だった。

「何度探しても、どこにもお兄ちゃんがいないことに気づいて、途方に暮れてしまって。私、またこのあたりにしゃがみ込んで、泣いてました」

萌香がそう言って次に座り込んでみせたのは、仏壇が置かれていた部屋の出入り口の前。つまり、居住スペースの廊下の、ちょうど中央付近だ。

ふと足音がして広斗と萌香が視線を向けると、厨房から畠山が出てきた。そのすぐ後ろから伊澤もついてくる。畠山はしゃがみ込んでいる萌香のもとへと駆け寄り、彼女の白い手を取ると、愛おし気に自分の手の中へと包み込んだ。

「すごいっすね、本当に一昨日の状況のまんまだ。ちょっとゾッとします」

「一昨日も、ここで萌香さんと合流したんですか？」

「そうですよ。大浴場横の激狭な廊下を通るくらいのところから、萌香の泣き声に気づいたんで急ぎましたけど」

「それ以前には、なにか聞きませんでしたか。萌香さんは人の叫び声のようなものを聞いたとおっしゃっていましたが」

椋からの問いかけに、畠山は首を横に振る。

「特には、何も聞こえませんでしたよ」

「畠山さんは、Bグループ出発地点を出てからは、ここまで廊下から繋がる各部屋の写真を順番に撮りながら進んできました。先ほどご提出いただいた写真が、そのときに撮っていた写真だそうです。萌香さんと合流後の動きを教えてくださいますか」

ここまで畠山の行動を見守ってきた伊澤が補足し、続きを促《うなが》す。

「萌香を見て、最初は、ただ肝試しが怖くて泣いてるんだと思ったんすよ。だけどどうも様子がおかしいし、『お兄ちゃんがいなくなっちゃった』とか言って奥の部屋を指さしてるんで、俺も萌香と一緒にあの部屋に行って、智久がいなくなってることを確かめました」

「その再現もしていただけますか？」

伊澤に促《うなが》され、畠山は萌香の腕を引いて立ち上がらせると、萌香と共に突き当たりの部屋のドアを開け、中へと入っていく。

「部屋の中を見てたら、智久に預けたはずのトランシーバーがここに置いてあるのを見つけたんですよ」

畠山が示したのは、部屋の奥に置かれている、鍵穴付きの引き戸がある棚の上だ。

「智久がいないのにトランシーバーは残ってるのとか、さらに不気味じゃないですか。異常事態だと感じたんで、その置いてあったトランシーバーで全員に連絡しました。『智久がいなくなった』って」

そこまで話を聞き終えた広斗がトランシーバーの発話ボタンから指を外すと、小さくホワイトノイズがして、それから真崎の声がした。

『畠山さんの連絡を受けて、全員がAグループ出発地点の部屋に集まったということなので、同じように一度集まろう。紫王くん、井原さんを連れてきてくれるかな』
続いて、紫王の声。
『はーい。了解です。井原さんと二人でデートしてるのも楽しかったんですけどね』
廃墟の中で行う事件再現は、息が詰まるような空気感があった。当然、紫王も井原と共にトランシーバーから流れてくる声を聞いていたはずだ。その直後に発せられた不謹慎なほど軽薄な紫王の返事に、椋はいっそ感心してしまった。

全員が突き当たりの部屋に集合し、真崎による状況の整理が行われる。

「全員がこのように集まってから、経緯の情報共有が行われたのですね。そのあとはどうされたんですか？」

「状況的に、萌香をすり抜けて外に出たとは考えられないでしょ？　だから、もう萌香がやったとは聞いたんですけど、みんなで手分けして近くの部屋を探しました」

三上がドアを振り向き、記憶をたどりながら話す。

次に話しはじめたのは井原だ。

「窓の桟に埃が溜まってるから、もしそこを乗り越えたら跡が残るはずだってことに気づいて、どこの窓からも出てないなってことはわかったんです。萌香が泣いて大変だったので、私はほとんど萌香についてたんですけど」

さらに畠山が説明を続ける。

「智久がいなくなったのはここだから、俺は重点的にこの部屋の様子を調べてたな」

「なるほど、少し人の手が入っているように感じたのはそのときのものでしたか」

真崎が頷き、紫王はミッション中の様子についての補足をする。

「ちなみにBグループの出発地点で待っていた井原さんですが、特に気になることはなかったらしいですよ。萌香さんが聞いた叫び声のようなものも聞こえなかったそうです。長丁場だったので、床に座り込んで、少しうとうとしてしまっていたらしいんですけどね。今日は僕と喋ってたんですが、結構会話が弾みました。ゴール側はどうでしたか?」

話を向けられ、真崎が再度口を開く。

「途中までは三上さんと福良さんの二人で待っていたそうですが、再度二階の様子を見てみたかったということで、福良さんが一度その場から離れたそうです。今日はゴール地点にわたししかいなかったので、その再現はしなかったのですが」

「二階に、大浴場の真上あたりに客室がなくて壁だけになっている箇所があったでしょう? 一階を見て回った後だったんで、あそこを改めて見てみたくて、ふらっと見に行っていただけですよ。特に気になることはありませんでした。僕、十数分くらいで戻ってきたよね?」

「たぶん、それくらいでした。ボクはその間もずっと玄関ロビーにあるフロントのところにいたんで、智久先輩が玄関から外に出てないことははっきり断言できますよ」

福良が自分の行動を説明し、三上が同意する。

つまり、智久がいなくなった可能性のある時間帯、ミッションのために移動をしていた萌香と畠山を含めて全員が、一人になる時間があったということになる。

「この後はどのように行動したのですか？」

真崎に問いかけられ、井原が答える。

「智久がゴールにいるかもしれないと思って、全員で玄関ロビーに戻りました。もちろんいなかったので、その後は手分けして館内を探していましたけど、探すって言ったって、限度があるでしょう？　それで、もしかしたら自分でひょっこり帰ってくるんじゃないかとも思ったので、全員一回帰ったんですけど……」

もちろん、智久は自ら帰ってくることはなかった。

「昨日も午前中から来て、今度は山の中を広範囲に探しました。それでも見つからないから、警察に頼ろうっていう話になって、私と萌香が警察署に行ったんです」

そうして、窓口の係員と揉めているところで、紫王に声をかけられたという流れだ。

「では、捜索時の再現も行いましょう。その間、椋くんはここで調査を行なってくれるかい？　広斗くんと伊澤は椋くんについていってくれ」

真崎に指名され、椋は気持ちを引き締め直した。真崎が椋に調査を依頼するということは、能力を使って智久の『断末魔の視覚』を見てくれという意味だ。智久が死んだ現場である可能性が高いのは、当然、智久が消えたこの突き当たりの部屋だ。

「わかりました」

椋が返事をすると、そこに福良が口を挟む。

「あ、僕も霧生さんの調査に同行したいです」

福良も、真崎が椋に言った『調査』が心霊捜査であることに気付いたのだ。

「ダメに決まってるだろ」

すかさず広斗が怒りを含んだ声で却下する。

「えー、でも、せっかくなんで……」

福良がなおも食い下がろうとしたとき、唐突に紫王が声を立てて不敵に笑った。

「実は僕『スピリチュアルトーキング』で、福良さんが今、恋をしている人が誰かわかったんですよ。でも、福良さんとは一緒にいた時間が少ないので、まだ他のことを知りたいんです。事件解決のために、ぜひ僕に同行していただきたいんですが、どうですかね？」

紫王の言葉に、常ににやけたような半端な笑みを浮かべていた福良の表情が変わる。

彼の、白すぎるほどに白い肌が首元まで赤くなっていることは、光源が懐中電灯の光しかない暗がりの中でもわかった。

「え、福良先輩が今、恋をしている人？　普段から『恋愛とか興味ない』みたいな態度とってるのに、そんな人いるんですか？」

口元に手を当て、三上が追い討ちをかけるように言う。

「それが、なかなか興味深くてですね……」

楽しげに紫王が言いかけると、福良が声を張り上げる。

「わっかりました！　大人しく従いますよ。それでいいんですよね？　さっさと移動しましょうよ」

そうして、福良は率先して部屋を出ていってしまった。

紫王が広斗へウィンクを一つ投げかけ、福良の後を追う。一連の流れに真崎は苦笑し、他の者たちを引き連れて部屋から出ていく。

軋《きし》むドアが閉まれば、部屋の中には椋と広斗、伊澤の三人が残されることになる。

再び静かになる室内で、椋は無意識に深く息を吐き出す。

事件現場を見るときには毎回覚悟を決めてから挑む椋だったが、今回はいっそうの心構えが必要だった。

「霧生さん、よろしいですか？」

伊澤から声をかけられ、椋は頷くと自分の後頭部に手を回す。

リボン状になっている目隠しの先端を摘んで引っ張ると、シュルリという小気味良い衣擦れの音と共に、目元の覆いが外れていく。

部屋の中央へ歩きながら、椋は長いまつ毛を持ち上げ、ゆっくりと目を開いた。

第三章　殺人鬼

1

天井から吊り下げられた石油ランプが灯り、オレンジ色の光を放っていた。強烈な太陽光の下にいるかのように、視界全体が明るく、眩しく感じる。それだけで、椋は自分が見ている幻覚が『智久の死の瞬間』ではないことを悟る。

しかし、いまさら目を閉じたところで、一度はじまってしまった幻覚を止めることはできない。これは網膜で再生される映像であり、視覚の主が死ぬまで終わることがないのだ。

目の前に、長い髪を緩く肩のあたりで結んだ、白い寝間着姿の中年女性がいた。彼女は恐怖を顔に貼り付けたまま目を驚愕に見開いている。

中年女性の唇が動き、こちらへ向かって必死に何かを言っていることはわかったが、声は聞こえない。彼女の顔を見ていた視線が腹部へ落ちた次の瞬間。

自らの右手が握った出刃包丁が、女性の腹を深く刺し貫いた。

「ああああっ」

耳に届いた声は、堪えきれなかった椋自身が上げたものだ。しかし光景と重なり、まるで刺された中年女性があげた悲鳴のようであった。

続けて背後から広斗と伊澤の言い争うような声が聞こえてきたが、椋には彼らの声を気にしている余裕はなかった。

包丁は一度腹部から引き抜かれ、中年女性がよろめきながら後ずさる。

白い寝間着の腹部に、赤い染みが広がっていく。彼女は、自らの身に起きたことを現実であると受け入れられていないように、呆然と自分の体を見下ろす。腹部に負ったのは、すでに致命傷と呼んで差し支えのないものだった。

再度包丁が振り上げられる。

距離を詰め、猛烈な勢いで襲いかかると、幾度も腕を振り下ろす。見るに耐えない血飛沫があがる中、女性の体は畳に崩れていき、いつしかピクリとも動かなくなる。

最後に血塗れの包丁を引き抜くと、白かったはずの女性の寝間着に刃を撫でつけ、汚れを拭《ぬぐ》う。鈍い光を取り戻した刃には、ふと、自身の顔が映り込んだ。

伸びてしまっただけのボサボサの髭を生やし、返り血に加えて、泥のようなもので異常なほどに汚れている男の顔。

男は、『殺人鬼』という人を妖になぞらえた呼び名が、誇張なく正しい形容となる風貌をしていた。思わぬところで視界の主の顔が見え、椋の意識が集中した。

ふっと、刃の切先が前兆なく己を向き、そのまま真っ直ぐに突き刺さる。男は、自分で自分の喉元を突き刺したのだ。

視界いっぱいに、鮮血が霧状に吹き出していく。体がぐらりと傾いて、畳に突っ伏した。顔が横を向くと、もはや物体となり丸まった中年女性の死体がそこにある。見開かれた瞳が、無感情にこちらを見ていた。

視界が自分のもとに戻ってくる。

「っう……ぐ」

込み上げてくる吐き気に、椋は口元を押さえながらその場にしゃがみ込んだ。全身がひどく震えている。

「椋さん！」

広斗が強引に伊澤の腕を振り払い、椋の元にやってくる。懐中電灯とトランシーバーを畳の上に置き、壊れ物を扱うように両手で椋の肩に触れる。

目隠しを外した椋が悲鳴を上げた瞬間には側に駆け寄ろうとしていた広斗だったが、捜査の邪魔をしないようにと、伊澤に今まで体を押さえこまれて制止させられていたのだ。

「椋さん、俺が見えますか？」

広斗に顔を覗き込まれると、椋はその焦茶色の瞳を見つめ返し、こくこくと頷きで返事をする。しかし、椋の顔面は蒼白だった。

「吐きそうですか？　大丈夫ですよ、袋用意しますね」

広斗はそう言いながら自分の鞄を漁りはじめたが、椋は込み上げてくるものをなんとか抑え、大きく息を吐き出す。

「だ……っい、じょうぶだ。ただ……ちょっと」

椋は震える声で言うと、目を閉じ、痺れるように強張《こわば》っている体から力を抜いていく。倒れ込んでくる椋の体を受け止めると、広斗は宥《なだ》めるように、その背中をとんとんと一定のリズムで撫でる。

と、そこに伊澤がやってくる。

「霧生さん、ヴィジョンの内容を説明していただいてもよろしいですか」

「あなた、椋さんの様子が見えないんですか？」

椋が返事をするより前に広斗が抗議の声をあげたが、椋は力の入らない手で広斗の服の袖を軽く引いた。

「へいき、だから……」

広斗へ向けて安心させるように声をかけてから、椋は数回、粘《ねば》つく唾液を大きく嚥下してから、震える声で話しはじめる。

「今見たヴィジョンは、智久さんのものではありませんでした。おそらく、伊澤さんが事前に話していた、旅館に侵入して八人を殺害したという、犯人のものです」

「どうして犯人だとわかったんですか？」

「髭を生やした男で、泥のような何かでひどく汚れていました。この部屋の主らしき中年女性を包丁で滅多刺しにしたあと、自分の首の辺りを刺して自殺しました」

椋の見たヴィジョンの内容の凄惨さに、広斗が言葉を失う。広斗は、椋の姉が犯人に滅多刺しにされて殺されたことを知っている。

大切な人に対して行われたのと同じ殺害方法を、あたかも自分が行なっているかのような加害者の視点から見ることは、強烈に椋のトラウマを掘り起こした。

伊澤は軽く眉を寄せるだけの反応にとどめ、事務的に問いかける。

「霧生さんはたしか、同じ場所で再度能力を行使すれば、別の人の死に際も見られることがあるんでしたよね？」

「そうです」

椋の能力は制御できるものではなく、誰の死の瞬間を見るか選ぶことができない。しかし逆に言えば、同じ場所で複数の人間が死んでいた場合、同じ場所であっても、確率で別の『断末魔の視覚』が見られるというわけだ。

家族を殺された事件の直後、椋はしばらくの間入院していた。そこで椋は、自分の持った障害にも近い特殊能力について理解するまで、同じ病室の中で、ありとあらゆる人の死の光景を見ることとなった。同地点で能力を発現させる方法はいたって簡単で、その場所に視覚を塞《ふさ》がない状態で居続ければ良いだけだ。何も対策を施さなければ、三十分に一度程度の間隔で幻覚を見る。

「では、引き続きお願いします」

伊澤の淡々とした言葉に、椋は広斗に体を預けたまま視線を床の上へと落とした。視界に入るのは、先ほど幻覚の中で見えていたものとは明らかに違う、朽ちてぼろぼろになった畳。この上に転がった中年女性の姿が、脳裏に焼き付いて離れない。

「ちょっと、待ってください！」

それまで会話を聞いていた広斗は、伊澤の言わんとしていることを理解して口を挟む。

「『引き続きお願いします』って、椋さんにこの部屋でまた能力を使えって言ってます？」

「はい。どのようにして人体が消えたのかはわかりませんが、智久さんはこの部屋で殺された可能性が高い。真崎さんはそう判断しましたし、私もそう思います。霧生さんには智久さんの『断末魔の視覚』を見ていただく必要があります」

「次は智久さんの死が見られるかもしれません。でも、そうじゃないかもしれない。

椋さんが今のと同じヴィジョンを見てしまう可能性もある」

言い募《つの》る広斗に、伊澤は心底不思議そうに首を傾《かし》げる。

「それが何だと言うのですか？」

「何だとって……」

「事実を知ることのできる可能性があるのならばやるべきです。智久さんの死の原因を知るために、私たちはここまで捜査に来ているのですから。霧生さんも異能係の外部パートナーとして、同じはずですが」

「可能性があるにしても、この場所を再度見るのは、椋さんへの負担が大きすぎると言っているんです。もし続けて能力を使うなら、過去の事件で九人が死んだと思われる部屋の付近は避けたところにしてください」

広斗は椋を守るためにと断固とした態度で要望を口にしたが、当の椋は広斗の腕を掴み、首を横に振った。

「広斗、いいんだ。俺はやるから」

「良くありません。椋さん、ひどい顔色してますよ。本当は、今すぐに椋さんを連れて帰りたいくらいです。そうしますか？」

「そういうわけには、いかないだろう」

広斗は本気で言っているが、戸惑いながらも椋はその申し出を断る。

　そんな二人のやりとりを見て、そばにやってきた伊澤は椋へ手を差し伸べる。

「霧生さん、立てますか」

　椋は視線を上げ、伊澤の顔を見る。普段からほとんど感情を表に出さない伊澤の眼差しは、今もひどく冷静だ。客観的な視点で椋のことを観察し、状況を判断している。

「はい」

　短く返事をすると、椋は伊澤の手を取り、広斗の腕から離れて立ち上がった。自分の足で立つことで、不思議としゃがみ込んでいるよりも気持ちが落ち着いた。

　椋は周囲を見まわし、幻覚の中で見ていた部屋との差異と、逆に変わらぬところを認識する。最も変化がないのは、部屋の奥の壁について置かれている、鍵穴がついた引き戸のある棚だ。汚れている以外はあまり劣化が見られず、かなり頑丈な木材でできていることが窺えた。

　天井から吊り下げられていた石油ランプは金具が劣化したのか、落ちて布団の上に転がっている。

　納戸《なんど》は劣化しきった襖《ふすま》が取れて中身が見えていた。

　中年女性が倒れ込んだ辺り、そして殺人鬼の男が最後を迎えた辺りの畳は他の箇所よりも黒ずんで汚れているような気もしたが、他の箇所も汚れているせいで、はっきりとわかるような痕跡には感じられなかった。

「水をどうぞ」

伊澤が自分の荷物からミネラルウォーターのペットボトルを取り出し、封を破って、キャップを外した状態で差し出してくる。

「ありがとうございます」

口の中に粘《ねば》ついたものを感じていた椋はありがたくボトルを受け取り、一口飲む。伊澤の荷物の中に入っていたもののために常温に近くなっているが、水の清涼感が喉を伝って降りていくと、最悪だった気分が改善した。

落としてしまっていた目隠しを広斗が拾い上げ、埃を払ってから椋へ差し出す。

「椋さん、目隠しをしてください」

広斗の心配そうな表情を見返し、椋はためらう。

「まだ、できない。続けてこの部屋を見ないといけないから」

「一度見たんですから、もう十分ですよ。それに、椋さんが見ようとして見たものなんですから、今見たものの中に、絶対に手がかりがあるはずです。きっと真崎さんもわかってくれます」

広斗の言葉に促《うなが》されるように真崎の言動を想像し、椋は小さく笑う。

たしかに、椋が過去の殺人事件のヴィジョンを、しかも女性を滅多刺しにする犯人の目線で見たと伝えれば、真崎はそれ以上のことを要求してこないだろうという予想ができた。

真崎は椋の負った精神的ダメージを気遣いつつ、労ってくれるだろう。そして、霊能捜査を紫王の『スピリチュアルトーキング』だけに頼ることになるのだ。過去の捜査でも同じようなことがあった。

――人に失望されるのは、楽しいことではない。

心の中で呟き、椋は息を漏らす。

椋と紫王の能力では得られる情報の種類が違うため、解決すべき事件の状況において、どちらかがクリティカルな情報をもたらし、どちらかはほとんど情報が出ない、ということがある。

それでも椋と紫王は、お互いの能力の不足を補い合うようにして、今のところすべての事件を一日の捜査という極めて短い時間で解決してきた。

生まれたときから特殊能力を持ち、自分の手足と同じように能力を操っている紫王に比べて、どうしても椋の能力は安定性に欠ける。客観的に見て仕方がない部分ではあるが、『自分の能力を改善したい』という気持ちが、椋の中に芽生えてきている。

椋は改めて広斗を見返した。

「伊澤さんの言うとおり、ここで智久さんのものが見られる可能性があると俺も思うんだ。せめて、もう一回挑戦する」

ためらいを振り切るように言うと、広斗は椋のボトルを持つ手に手を重ねた。

「手が震えていることに、気づいてますか？」

広斗が指摘したとおり、持っているボトルの中の水の揺れが目に見えてわかるほどに、椋の手は震え続けていた。広斗の手が重なっても震えは治らず、自分の意思に反して、体が異常なほどに強張《こわば》っていることを椋は自覚する。

「無理をしないでください。怖くて、嫌で当然なんですから、こんなことに慣れる必要なんてないんですよ。俺は、椋さんのことが心配なんです」

椋を宥《なだ》めるように、広斗がそう優しく囁いたとき。

「上林さん。あなたは霧生さんの助手としてここにいるのではないのですか？」

伊澤の発した声は、苛立ちの感情が混ざったものだった。

広斗はため息を漏らすと、同じく喧嘩腰になって振り返り、伊澤を見る。

「もちろん、そうですが。俺の行動は『助手という肩書きに相応しくない』とでも言いたげですね。助手は椋さんの心配をしてはいけませんか？」

広斗と並ぶと伊澤は頭一つ分背が低いが、彼女はまったく物怖《ものお》じすることなく広斗を睨《ね》め上げる。

「心配するのは自由です。しかし、あなたの仕事は、霧生さんがスムーズに捜査を行えるようサポートをすることのはず。今のあなたがしているのはサポートではなく、捜査の邪魔でしかありません。霧生さんを勇気づけるならともかく、あなたが率先して不安にさせてどうするのですか」

普段は口数が多い方ではない伊澤が言葉を重ね、諭す。

伊澤の言わんとしていることは理解できたが、広斗には、椋に無理をさせてまで捜査の進展を優先することはできない。

「俺は、仕事でここにいるわけじゃない」

広斗が放った言葉に、伊澤はすうっと目を細める。

「でしたらお帰りください」

「伊澤さん、待ってください」

椋が仲裁に入ろうとしたが、伊澤は言葉を続ける。

「私は刑事として、ここで仕事をしている。霧生さんも異能係の外部パートナーとして仕事をしている。捜査現場は全員がプロフェッショナルを発揮する場所のはずであって、部外者がいて良い場所ではありません」

彼女の声はいよいよ冷たいものに変化していた。

広斗はぎゅっと眉根を寄せる。

「つい最近知り合ったばかりのあなたに、椋さんの何がわかるって言うんですか。あまりにも無神経すぎますよ」

「当然、私は霧生さんのすべてを理解しているとは言いません。しかしこの一ヶ月間、上林さんではなく私がついていても、霧生さんは問題なく仕事をしてくださっています。パートナーを限定しなくても良いというのは、それだけでもプロフェッショナルな振る舞いだと私は思います」

広斗がさらに反論しようと口を開きかけた姿を見て、椋は無理に二人の間に割って入った。

「もう、十分だ！」

普段の椋であれば出さない声量を放ち、まずは伊澤に視線を向けつつ言葉をかける。

「伊澤さん、すみません。俺が不甲斐ないばかりに、これ以上は俺が耐えられないと広斗に思わせてしまったんです」

それから広斗を見る。

「広斗にも、心配かけて悪い、俺はまだ大丈夫だから」

「でも、椋さんっ」

これればかりは譲れないと広斗が声をかけるが、椋は首を横に振る。

「伊澤さんに強制されてやるわけじゃない。俺は、一刻も早く智久さんを見つけて、萌香さんの……遺族の元に返してあげたいと思ってる。そう約束もした。ここで智久さんの身に何があったのか、知りたいんだ」

椋の黒曜石のような瞳が、強い意思の光を帯びて広斗を見つめていた。その眼差しを受け止め、広斗はたじろぐ。

椋は、真崎に流されるように事件に協力することになったときのままの気持ちでここにいるわけではない。

椋と共に色々な事件に関わる中で広斗もそのことを理解していたはずが、こうして熱意を持って言葉で訴えられるまで、真の意味ではわかっていなかった。そして、伊澤への漠然とした嫉妬が、広斗をより意固地にさせていた。

持っていた目隠しを椋の手元に押し付けるようにして渡すと、広斗は懐中電灯を拾い上げた。

「すみません。ちょっと俺、頭冷やしてきます。気になることもあるので」

ドアを押し開けて広斗が部屋を出ていく。椋はとっさに後を追いかけようとしたが、そのとき、畳の上に置かれていたトランシーバーが小さく音を立てる。

響いてきたのは、真崎からの、こちらの捜査の進捗状況を尋ねる連絡だった。

「それで、椋くんは大丈夫なのかい？」

トランシーバー越しに伊澤から情報共有を受け、事情を理解すると真崎は気遣わしげに問いかけた。

異能係の係長を務め、外部パートナーの優秀な霊能力者として椋を頼りにしている真崎だが、彼は『霧生家惨殺事件』の犯人を逮捕した刑事でもある。事件直後の、憔悴しきった椋の様子を目の当たりにしていることもあり、椋の抱える事情はよく理解していた。

『大丈夫です。俺はもう一度この部屋を見ます。再度ヴィジョンが見えるまで、もう少し時間をください』

ホワイトノイズの後、伊澤に代わって椋から直接返事があった。戸惑いや怯えを感じさせないそのはっきりとした声の調子に、真崎は安堵する。

「そうか……では、そちらは任せたからね。また何か見えたら連絡をくれ」

『わかりました』

椋の返事を聞いて通信を終え、真崎は部屋を出る。真崎が今いたのは、二階の娯楽室側に近い客室の中のうちの一つだ。

一階突き当たりの部屋を出てから、大学生たちを連れた真崎と紫王は二階の玄関に向かい、大学生たちが当日に何をしていたのかの確認をしていた。大学生たちがまとまって行動していたところまでの再現を終えたので、そこで一度椋の様子を聞くべく、真崎は一人離れて近くの部屋に入り、連絡をとっていたのだ。

廊下を進んで玄関ロビーへ向かうと、紫王を含め、待機させていた他の者たちの姿がある。

「椋くんの方は、もう少し時間がかかりそうだ。過去の殺人事件の方が見えてしまったらしい」

真崎が小声で耳打ちをすると、紫王は一つ頷いてから大学生たちに向き直った。

「では、手分けをして捜索をしはじめた後の再現を開始しましょうか。と言っても、再現ではまとまって行動をしたいので、まずは畠山さんから、どのように行動したのか教えていただけますか」

と、そこで萌香が不満げな声を上げる。

「どこをどう探して行ったかなんて、夢中で覚えてません。それに、全員でまとまってお兄ちゃんがいなくなった後のことを再現することに、意味があるんですか？」

「そうね。正直私も、どこをどう見て回ったかなんて覚えてないかも」

「ボクも、あっちこっち移動してたからなー」

井原と三上が萌香に同意する。

「僕は二階の端から端、一階の端から端と順番に移動してたんでわかりやすいですけど、その再現をやって意味があるのかどうかは、たしかに疑問ですかねぇ」

そう言う福良は、先ほど紫王にチラつかされた『恋をしている人』の話のせいで少々元気がなくなっている。

「別に俺はやってもいいと思うが、まあ時間の無駄っちゃあ時間の無駄かな」

どこか投げやりな畠山の言葉に続き、再度萌香が訴える。

「そんなことをしている時間があるのなら、実際に手分けをして、もう一度探させてください。それで本当の意味での再現になるでしょう?」

真崎は表情を曇らせる。

「手分けをするというのは認められません」

「どうしてですか? 私は、お兄ちゃんを探してくれると思ったから警察に行ったんです。探してくれないのなら、せめて私たちがお兄ちゃんのことを探す邪魔をしないでください」

「当然、わたしたちも智久さんのことを探しています。しかし手分けをするとなると、わたしたちの目が届かなくなり、危険ですから」

「危険って、何が危険なんですか?」

萌香からの質問に、真崎は一瞬言い淀む。

ここは老朽化した廃墟であり、建物の崩壊の危険がある。もし智久が何らかの事故に巻き込まれたのであれば、大学生たちだって同じ事故に巻き込まれる可能性がある。そして、もし智久が外部犯に殺されていた場合は、捜索中にその殺人犯と出会ってしまうことも考えられる。

しかし、真崎が最も危惧しているのは、大学生たちの中に智久を殺害した犯人がいるのではないか、ということだった。

智久が姿を消した様子があまりにも不自然すぎるため、智久の死は人為的なものであると真崎は考えていた。だからこそ、それを当事者に言うことが憚《はばか》られたのだ。誰が犯人なのかわからない以上、犯人を交えた状況下で、個別行動することは危険であると考えるのが普通だ。

ふと、三上が小さく笑った。

「ここでバラバラになるのが危険っていうの、いまさらな気がしますよ？」

「どういう意味ですか？」

「だって、一昨日も昨日も、ボクたちずっとここで、警察の人も抜きで智久先輩のこと手分けして探してたんですから」

三上の言葉を後押しするように、萌香が必死な様子で真崎へ訴える。

「夜の森が危ないのはわかりますから、外には絶対に出ないようにします。だからお願いします。お兄ちゃんを探させてください！」

彼らの言葉を聞きながら、真崎は思考を巡らせる。椋の能力は不安定で、いつ霊能捜査の結果が出るとも断言できない。要望を拒否するということは、不満を訴える大学生たちを長時間抑え続けることになる。

と、紫王が真崎に言葉をかける。

「彼らが警察抜きの状態で、長時間ここで捜索を続けていたっていう話はもっともですし。一回、自由にさせてみても良いんじゃないですかね。椋さんたちは三人でまとまっていますし、危険はないでしょう。僕も、真崎さんに現場の霊能捜査のご報告をしたあとは、誰かの後を追いかけることにしますよ」

真崎はしばらく悩んだあとで、渋々頷いた。

「仕方ありませんね……では、そうしましょうか。建物の外には決して出ないようにしてください。また、一階の厨房から奥は警察で調査中ですので、近づかないようにしてください」

「わかりました、ありがとうございます」

萌香が表情を緩めながら大きく頷く。

「わたしはここ、玄関ロビーから動きませんので、何かありましたらすぐに教えてください。トランシーバーの一つは、萌香さんにお渡ししておきます」

真崎の許可を得て、大学生たちはさっそく手分けをし、再度白峰荘の中へと散らばっていく。

二階の廊下を歩いていくのは萌香、井原、三上の女性陣。真っ先に一階へ降りていったのは福良で、その後に畠山が続く。

玄関ロビーには、真崎と紫王の二人だけが残った。

２

トランシーバー越しの真崎との会話を終えた後、椋と伊澤の二人は、端からローラーをかけるように、部屋の壁や床を調べ上げていた。

常日頃から目隠しをつけた状態で生活を送っている椋だが、次のヴィジョンを待つために、今は周囲を自分の目で見ることができる。この限られた時間内で得られる視覚情報を最大限に利用しようと、見えるもののすべてを頭の中に叩き込む。

人に限らず、質量のある物体が空間から忽然《こつぜん》と消え失せることはありえない。唯一の出入り口を通らずに部屋から人間が消えたのであれば、その部屋に隠し部屋や隠し通路などの仕掛けがあるはずである。

「霧生さん、そのライトではパワーが足りないでしょう。私のものと交換しましょうか？」

真剣に部屋中を見続けている椋の様子を見て、伊澤が声をかけた。

「いえ、このくらいの光が俺にはちょうど良いくらいですよ。伊澤さんがこれを持っていてくれて助かりました」

懐中電灯を持ってきていなかった椋が使っているのは、伊澤がたまたま鞄につけていた、タグ形状のキーホルダーライトだ。

小さなLEDから発せられる光は心許《こころもと》ないが、普段から光を遮断して生きている椋にとっては問題ない光量を確保できていた。むしろ眩しすぎる光は苦手なのだ。

「そういえば、さっき見たヴィジョンの中では、この部屋には天井から石油ランプが吊り下げられ、火が灯《とも》されていました」

「床に落ちているものですね。事件が起きた昭和十年というと、都市部にはもう電灯も普及している頃だとは思いますが、ここは山の中ですからね。まだ電気が来ていなかったのかもしれません。まだ、と言っても、この山は無人になって久しいですから、今も電気は来ていませんが。それがどうかしたのですか？」

「その石油ランプの光が、奇妙なほどに眩しく感じられたんです。石油ランプって、実際そんなに眩しいものなのでしょうか」

先ほど見たヴィジョンの冒頭部分だけを思い出しながら、椋は疑問を口にする。問いかけているというよりも独り言に近いものだったが、伊澤は知っている知識を提供する。

「私も石油ランプは使ったことがありませんが、明治時代に電灯を初めて目にした人が『明るさは白昼の如《ごと》し』と評した、という話は聞いたことがあります。石油ランプは電灯より光量が低いと考えられるかと」

「だとすると、あの視覚の主……過去の事件の犯人は、かなり暗闇に目が慣れていたのかもしれません。まあ、だからどうした、という話ではあるのですが」

そう会話をしながら二人は捜索を続け、鏡台をどけたり、ボロボロになっている畳を持ち上げたりして隅々まで確認したが、何も見つけることはできなかった。

「本当に、何もないことがあるんでしょうか。あと気になるのは、この棚ですが」

椋はそう言いながら、引き戸がついた棚に手をかける。鏡台を移動したときのように引きずろうと試みたが、棚の中によほど重いものが入っているのか、微動だにしない。

であれば中身を出せば良いのだが、引き戸には鍵がかかっており、それが妙に頑丈なため、無理やりこじ開けようにも開かない。途中で伊澤も加勢したが、二人がかりでも手応《てごた》えは感じられなかった。

「これを動かすには、工具が必要でしょう。戸を破壊してしまうにしても、素手では厳しいかと」

伊澤の言葉に椋は頷く。

「そうですね。しかし、そんな大掛かりなことをして棚を動かし、何になるのかという気もします」

仮に棚の裏側に隠し部屋があったとしても、工具を用《もち》いて棚を破壊しなければアクセスできないのであれば、智久が消えたトリックに使用することはできない。

「もう一度、部屋の端から探してみます」

そう言って振り向いた瞬間、椋の視界は完全なる暗闇に包まれた。

椋にとって暗闇は慣れたものだが、目隠しをしていないのに何も見えなくなるのは異常だ。

——俺が持っているキーホルダーライトと、伊澤さんの懐中電灯の両方が同時に電池切れを起こしたのか。

そんな奇跡的な不運の可能性をちらと思い浮かべもしたが、次の瞬間、椋は自分が見ているものが『断末魔の視覚』であることを理解する。

暗闇の中に、オレンジ色の小さな光が一つ生まれた。

それは自分の手元で擦ったマッチの火で、すぐ近くにあった石油ランプの灯芯《とうしん》に炎を移す。安定した炎に白いガラスのホヤがかけられると、拡散したオレンジ色の光は、ぼうっと控えめに部屋中に広がった。

石油ランプを天井から下がった吊り金具にかけ、忙《せわ》しなくあたりを見回す。と、視界が急激に動き、ドアの方を見た。

そこには、今まさにドアを開けて部屋の中へと入ってくる、全身がひどく汚れた男の姿があった。椋には、その男が先ほどのヴィジョンで見た殺人鬼であることがわかる。

髪も髭も、自然に伸びるままに伸びきって、泥のようなものが絡みついている。身に纏《まと》っているのは、これまた汚泥に塗れたボロボロの着物だ。元が汚れているので分かりにくいが、男の全身には返り血もかかっている。

伝承に聞く悪鬼を具現化したような姿だが、男は奇妙なことに、その小さな瞳から涙を流していた。

こちらに向かい、口を開くと何かを言っている。口の動き方からして、妙にゆっくりと言葉を紡いでいることだけは理解できた。

しばらく男はこちらに向かって語りかけていたが、視界が左右に揺れたことで、この視覚の主が首を横に振ったことがわかった。ヴィジョンには音がないため内容はわからないが、視覚の主もまた何かを話している。

途端に、男の表情が変化していく。

涙が絶え、ナイフで削ぎ落とされるように、顔から感情が失われていく。

ふと、視界が不自然に揺れた。

よろめきながら後ずさり、自分の体を見下ろす。白い寝間着に、赤い染みが広がっていく。一度手のひらで腹部を押さえてみるが、足を伝い行くほどに溢れ出す血は、それしきで止められるものではない。掌《てのひら》が鮮血に染まる。

次の瞬間には、男が自分に襲いかかってくる姿が見えた。

ただただ恐ろしいばかりの男の無表情。幾度も振り下ろされる凶刃。

視界が赤く染まっていく。

椋は、その場にしゃがみ込んでいた。抱え込むように両手で頭を押さえ、きつく目を瞑《つむ》る。覚悟を決めていたはずなのに、全身の震えが止まらない。

「霧生さん」

伊澤の穏やかな声がかかり、そっと背中を撫でられる。広斗のものよりも小さく柔らかい掌《てのひら》の感触だ。違和感はあったが、しばらくそうして無言のまま宥《なだ》められていると、椋の震えは次第に収まり、気持ちも落ち着いてきた。

「見えたのは、智久さんのものではありませんでした」

しゃがみ込んだ体勢のまま椋が話しはじめると、伊澤の手が止まる。

「先ほどと同じ、昔の事件の犯人のものですか?」

「いえ、その犯人に刺し殺された女性のものです。おかげで、はっきりと過去の事件の犯人の姿を見ることができました。先ほども言いましたが、泥のようなもので全身が覆われるほどに汚れていて……泣いて、何かを訴えていた。その犯人の男と対面する前にランプの火を灯していたので、すでに誰かの悲鳴などを聞いて、異変を感じとっていたのかもしれません」

椋はそこまで説明すると、ゆっくりと顔を上げた。息を漏らしながら力無く笑う。その笑みにはプラスの意味はなく、自嘲の色が濃いものだ。

「こんな情報を得たところで、今回の事件には関係ないので、役には立ちませんが」

「警察のデータベースに残っていた過去の情報によると、当時、犯人は山の中に住んでいた異常者だろうということで結論づけられていましたから、霧生さんのおっしゃるような様相の男であってもおかしくはないですね」

伊澤は、椋が自評した『役に立たない』という言葉には触れることなく返事をした。ただ、伊澤自身も椋の見た今回のヴィジョンの情報に価値を見出しているわけではない。

「気分はいかがですか。智久さんのヴィジョンが見られない可能性が高いようなら、一度、真崎さんたちと合流するのも良いかとは思いますが」

「いえ……もう一度、この部屋を見させてください」

椋は、まっすぐに伊澤の瞳を見つめる。

「最初のヴィジョンを見た時点で、過去の事件により、この部屋で二人の人間が死んでいることはわかっていました。今見た幻覚で二人分ですから、智久さんがこの部屋で亡くなっているのなら、次こそは見えるんじゃないかと思うんです」

椋の言葉には、願望が含まれていた。『断末魔の視覚』で見るヴィジョンに規則性はない。たとえ、その場で過去に死んだ人間が三人だったとしても、三回見て一人分の、まったく同じヴィジョンしか見られないこともあるのだ。

しかし、広斗の制止を振り切ったという後ろめたさもあり、椋の中には『何かしらの成果を出したい』という意地が生まれていた。

ふと、伊澤が目を細める。

「やはり霧生さんは、上林さんが思われているよりもずっと強いですね」

「どうでしょうか。広斗は、俺のことを弱いと思っているわけではない……と、俺は思ってます。実際のところはどうかはわかりませんが」

そう言って、椋は笑う。

今度の笑みは、広斗のことを思い起こして自然と漏れたものだった。広斗は椋に関することになると夢中になり過ぎ、その他のことが見えなくなるきらいがある。

「元々、俺に関してだけ行き過ぎるほど過保護なやつなんですよ。それに、広斗を過保護にしてしまったのは、ずっと現実から逃げて、引きこもり続けた俺のせいでもあります。こうして異能係の外部パートナーになってから、俺自身ですら色々な場面で自分の変化を意外に思うところもありますし。広斗と離れて、伊澤さんと捜査に参加していたこの一ヶ月の間にも、きっとできることが増えたのかもしれません」

捜査で外に出ることが増えてから、椋の中では色々な変化が起きていた。今でも決して社交的とは言えないが、高校生で止まっていた椋の時間が動き出し、社会に出て仕事をする大人として、年相応に近いところまで少しずつ追いついてきたのだ。

「霧生さんの過去や、異能係の外部パートナーになられた経緯については、私も真崎さんから共有を受けて知っています。真崎さんに引っ張り出されたことがきっかけだったかもしれませんが、私が見ている霧生さんは、大変な心労を抱えながらも、ご自分の仕事に対してとても誠実に、積極的に取り組んでおられます。ですから、そんな霧生さんが仕事をすることを止めさせようとする態度は、やはり、いかがなものかと思います」

「俺のことを評価していただけることはありがたいのですが。そもそも俺が諦めずに自分の見る幻覚を信じて事件に生かそうと思えたのは、広斗がいてくれたからなので……できたら、広斗のことを悪く思わないでいてもらえると嬉しいです。ただ俺のことを心配してくれているだけで、本当にいいやつなので」

困ったように軽く眉を下げて話す椋に、伊澤は表情を変えずに頷く。

「もちろん。悪く思う、などということはありません。そもそも上林さんだけではなく、霧生さんや紫王さん、真崎さんなどの警察仲間も含めて、誰に対しても私情を抱いたことはありません。私は、スムーズに事件が解決できればそれでいいので」

そう言い切る伊澤の言葉を聞き、椋はふと、普段の伊澤と紫王のやり取りを思い浮かべた。

「勝手に、伊澤さんは紫王さんに苦手意識を抱いているんじゃないか、とは思っていたんですが。そんなことはないですか？」

椋がそんなからかいを口にしたくなるほど、伊澤は紫王に対してだけ当たりが強い。一方で、紫王から伊澤に対しての態度はいくら邪険にされようと変わらない。つまり、いつもの飄々とした態度で無神経に思われるようなところまで踏み込み、ことあるごとに軽口を叩くのだ。

仕事に関しては感情を排除して真面目にこなしたい伊澤と、オンもオフもなく、いつでも同じ調子で楽しく過ごしたい紫王はとにかく相性が悪い。

先日も、献身的に椋のサポートをする伊澤に対して、紫王は『伊澤さんって椋さんのこと狙ってるんですか？』と聞いていた。伊澤は質問を黙殺したが、紫王は『わかりますよ、椋さんとんでもないイケメンですからね』と言って勝手に納得した。

その後の捜査では、伊澤は必要最低限のやり取りを除《のぞ》き、紫王を無視し続けた。目隠しをしている椋は、伊澤が紫王を睨《にら》み続けていたことを知る由もない。しかし、その日のピリついた現場の空気は敏感に感じ取っていた。

伊澤はごまかすように軽く咳払いをする。

「紫王さんの言動にペースを乱されることに関しては、私もまだまだ未熟者であると反省するばかりです。しかし上林さんに対しては、誠実な方だと認識しております」

そんな会話からしばらくして、椋は三度目の幻覚を見ることとなる。

しかし、その内容は一度目に見た、中年女性を殺害する殺人鬼のヴィジョンを繰り返すものであり、智久の死に触れることも、新たな情報を得ることもできなかったのだった。

一方、時間を少し遡《さかのぼ》った頃の紫王は、これまでの霊能捜査で得られた情報を真崎に共有していた。玄関ロビーの端で、紫王はフロントデスクに軽くもたれる。これが捜査であり、同行している容疑者たちに対して絶えず能力を使用していることを抜きにしても、暗闇に包まれた山の中や廃墟を移動することは体力を使うものだった。

大学生たちは白峰荘の中に散らばって智久の捜索をおこなっており、二人の会話を聞ける距離にいる者はいない。

それでも、紫王は至近距離にいる真崎だけに聞こえるように小声で語る。

「一見とても仲がよさそうに見えますが、彼らの相関図はなかなかに複雑ですね」

「相関図とは？」

「三角関係とか、そういうことです。ちょっとペンと手帳を貸していただけます？」

真崎が胸ポケットから手帳とペンを取り出すと、それを受け取った紫王はフロントデスクに手帳を開き、小声で説明しながら相関図を書きはじめる。

「まず全員が認識していることとしては、被害者の智久さんと萌香さんは兄妹《きょうだい》。智久さんと井原さんが恋人関係、萌香さんと畠山さんが恋人関係、というものです」

「ああ、そうだな。特別複雑なことはないと思うが」

「ここまではそうですね。しかし、智久さんと恋人関係にある井原さんは、恋人の妹であり、同好会の後輩である萌香さんに対してかなりの敵対心を抱いている」

紫王が手帳に書き込む『敵対心』という文字と矢印を見て、真崎が眉を寄せる。

「警察署に智久さんの捜索願いを出しに来ていたのも、彼女たち二人揃って、だっただろう。彼らの中では一番仲が良さそうに見えていたが」

「表面上はそうですね。もし井原さんが智久さんとの将来を考えていたのであれば、ゆくゆくは義理の妹になる存在ですし。理性としては『萌香さんのことを可愛がらなくてはいけない』と思い込んで、本来の感情を押し殺している。そんな風に見受けられました」

「敵対心を抱く理由は？」

真崎からの質問に、紫王はチラリと流すような視線を向けた。

「真崎さんもちょっと違和感を覚えたんじゃないですか？　萌香さんと井原さんって雰囲気は真逆と言ってもいいですが、顔立ちがあまりにも似ていますよね」

「たしかにそれは、初めて会ったときから感じていたな」

「つまり智久さんは、実の妹によく似た女性を恋人に選んだということになる。井原さんは智久さんと付き合いはじめたあと、恋人の妹に会ってみたら、自分ととてもよく似ていることに気づくわけです。複雑な心境になってもおかしくはないですよ」

「なるほど」

紫王の言わんとすることを理解して、真崎は頷いた。紫王の説明は続く。

「それから、さっきも少し匂わせるような言い方をしましたが、福良さんの想い人は井原さんです。福良さんにとっては、智久さんは恋敵になる」

手帳に書かれる相関図に福良が登場し、そこから井原と智久へと矢印が向く。

「ここでさらに、三上さんの矢印が智久さんへ向きます。智久さんと井原さんを中心に、三角関係が二つできあがる」

「つまり、三上さんは智久さんに想いを寄せていた？」

「そういうことになります。しかし、三上さんという女性はちょっと複雑で、智久さんに向けている感情が単純な恋心というわけではなさそうなんですよね。彼女、パッと見で性別不詳でしょう？　性同一性障害というわけではなさそうですが、そのあたりの複雑さが、内面にもあるような気がします。だから、智久さんを好きだったという点だけで三上さんを犯人から除外するのはまだ早いかな、とは」

「想いの重さ故の殺人というのも、珍しい話ではないからな」

殺人事件の捜査に関して、この現場に来ている誰よりも経験豊富な真崎は、過去にあった事例を思い出すようにしみじみと言って頷く。

それから、また紫王へ視線を向けた。

「現時点の所感で構わないのだが、紫王くんは誰が犯人だと思っているんだい？」

「なかなか難しいですね。というのも、萌香さんの守護霊が、存在のあやふやな状態の智久さんなので、情報を得ることができないんですよ。それと、畠山さんの守護霊はおそらく畠山さんの曽祖母だと思うんですが、何を聞いてもいっさいの反応をしない完全なる黙秘でして。情報を引き出すことが難しくなっています」

紫王は悩むように左手を自分の顎《あご》に軽くかける。

「それを聞くと怪しく感じるが、本人が犯人であるという理由以外で、守護霊が完全なる黙秘を貫くことなんてあるのかい？」

「もちろん、守護霊も個性様々ですからね。黙秘をしているつもりはなく、単に口数が少ないだけかもしれない。守護霊の情報を言うと、福良さんの守護霊は福良さんの双子の弟。井原さんと三上さんの守護霊はそれぞれの祖母ですね」

「福良さんは双子だったのか」

「はい。双子の弟は、二人が幼いときにトンネルの崩落事故に巻き込まれて亡くなったようです。福良さんもその現場に居合わせて同じように生き埋め状態になったみたいですが、運良く福良さんだけが助かった。福良さんがオカルトにこだわりを見せるのは、そのあたりの背景が影響しているんじゃないかと思います」

話を聞くと、真崎は悼《いた》むように軽く眉を寄せた。

「やはり、人の行動にはそれぞれの理由が隠されているものだな」

「だからといって、他人を不快にさせる言動をしていいとは思いませんが」

「それを君が言うのか」

真崎の突っ込みに紫王は軽く笑ってみせてから、手帳とペンを返却した。

「僕はひとまず、まだ情報が引き出せそうな福良さんと合流しようかなと思います。一階に向かったようなので、追いかけますよ」

「さっき彼らにも言ったが、わたしはここから動かないので、何かあればいつでも戻ってきてくれ」

「わかりました。ではまた後でお会いしましょう」

そうして紫王は軽く手を振り、近所の公園でも散歩するような調子で、不気味な廃墟の中へと消えていった。

3

椋は目隠しをつけ直し、伊澤に腕を借りて一階の廊下を歩いていた。

いつものように視覚を完全に塞《ふさ》いでいるので、『おどろおどろしい』という形容が最もしっくりくる白峰荘内部の様子は見えていない。しかし先ほどヴィジョンで九十年前に起きた殺人事件の瞬間を目にしたことで、椋の中でこの場所自体への拒否反応が大きくなっていた。呼吸するたびに、こもった空気が体の中に取り込まれていくこと自体が不快だ。

階段の下までやってきたところで伊澤が立ち止まり、自然と椋も足を止める。

そこには紫王、福良、畠山の三人がいた。

「お疲れさまです、椋さん、伊澤さん。収穫はありましたか?」

「そのご報告を、これから真崎さんにしようと思っています」

紫王からの質問には、伊澤が端的に答える。

と、福良が興奮した様子で大声で尋ねてくる。

「その報告、ぜひ僕にも聞かせてくださいよ。霧生さんの心霊捜査って、どういうことをしてたんですか？　何がわかるんです？」

「お前、うるせぇよ」

畠山は福良がいる側の自分の耳に小指を突っ込み、うんざりとした表情を浮かべた。

伊澤は完全に福良を無視して、紫王へ問いかける。

「紫王さんたちは、ここで何をなさっていたんですか？」

「大学生たちの要望を叶える形にはなりましたが、一昨日も分かれて智久さんを探していたということで、その再現という意味も含めて、手分けをして智久さんの捜索をしていました。僕は相変わらず自分の捜査を進めているところですが……ところで、広斗さんはまだあの部屋に残られているんですか？」

椋と伊澤の背後を覗き込んで問いかけてきた紫王の言葉に、椋は違和感を覚える。

「いえ……真崎さんからトランシーバーで連絡があったときに、広斗だけ先にあの部屋を出たんです。会っていませんか」

「え。いや、僕は会ってないですね。福良さんと畠山さんは見ましたか？」

「上林さんですか？　俺は見てませんよ」

「僕もです」

畠山と福良が続けて答え、あたりに冷えた空気が広がっていく。

嫌な予感に椋の心臓がトクトクと鼓動を速める。

「とにかく、玄関ロビーに行きましょうか。真崎さんはずっとそこから動いてないので」

そう紫王に促《うなが》され、五人はまとまって目の前にある階段を上る。フロントデスクの横に真崎が立っている姿が見えるが、その他の人影はなかった。

「真崎さん、広斗さんを見ましたか？」

先頭を行く紫王が尋ねると、真崎は開いていた手帳から顔を上げ、五人の中に椋と伊澤の姿をみとめる。

「椋くん、伊澤、お疲れさま。広斗くんのことは見ていないが、椋くんと一緒にいたんじゃなかったのかい？　いつも側から離れないじゃないか」

「それが、トランシーバーでお話しした直前に、広斗は一人で先にあの部屋を出たんです。俺はてっきり、紫王さんと真崎さんのところに合流したものだと思っていたんですが」

緊張を孕《はら》んだ椋の言葉に、真崎の表情が険しいものへと変化する。

「なんだって？　紫王くんも会っていないのかい？」

「はい。福良さんと畠山さんも、広斗さんの姿は見ていないそうです」

紫王が答えると、真崎はすぐにトランシーバーを口元にあて、発話ボタンを押した。

「萌香さん、もし一緒にいる方がいたら、その方も連れて玄関ロビーまで戻ってきてください。全員集合していただきたい」

萌香からの返答はすぐにあった。

『わかりました。葉子先輩と一緒に娯楽室の前にいるので戻ります。希空は二階の東側を探しに行ってくれていると思います。楪先輩と翔は一階に行っています』

東側というと、一階では大浴場や居住スペースが存在する側だ。真崎が視線を送ると、伊澤は椋を残し、一人で足早に二階東側へと向かっていった。

「福良さん、畠山さんはすでにここにいます。三上さんは伊澤が迎えに行きました」

間も無くして、萌香と井原が玄関ロビーに姿を現し、続いて三上を連れた伊澤が戻ってくる。これで、広斗を除《のぞ》いた全員が集合したことになる。

「お兄ちゃん、見つかったんですか？」

胸の前で両手をぎゅっと握り、緊張と不安が入り混じった表情で萌香が尋ねた。

真崎は首を振り、代わりに質問をする。

「いえ、残念ながらまだです。それより、どなたか上林さんに会いませんでしたか。

今から一時間ほど前に、あの一階の突き当たりの部屋を出たそうなのですが」

「上林さんですか？　全員で分かれた後からは、会ってないですけど」

「私も同じです。ずっと萌香と一緒にいたので」

萌香と井原が答え、三上が続く。

「ボクも見てないですね」

「今、三上さんを呼びに行くときに各部屋も軽く見て回ってきましたが、少なくとも二階東側にはいらっしゃらないようです」

伊澤が補足説明すると、井原が軽く首を傾《かし》げる。

「それだったら、二階の西側には私たちがいて、智久を見つけようとずっと探し回ってましたから、二階にはいないってことでいいと思いますよ。普通に一階にいるんじゃないですか？　翔先輩、見ませんでしたか？」

井原は畠山に視線を向けたが、代わりに紫王が答える。その顔には珍しく渋い表情が浮かんでいる。

「いや。僕と福良さん、畠山さんは一階にいたんですよ。西側の奥から階段へ移動してきたときに、椋さんと伊澤さんが東側の居住スペースから歩いてきた形になるので。そのうちの誰も広斗さんのことを見ていないっていうのは、ちょっと考えられない」

「僕は一階に降りてからはすぐに西側突き当たりの特別室まで行きました。隅々調べてたんで、西側付近にいないことは僕が断言できますよ」

紫王の言葉を補強するように福良が証言し、畠山も経緯を話しはじめる。

「福良の後に続いて一階に降りて、俺は大浴場まで行って探しながら移動してきて、階段を降りてくる紫王さんに会ったんです。紫王さんが福良と行動する予定だって話を聞いたんで、俺も一緒にそのまま西側の奥に移動した感じです」

紫王が畠山の発言に頷き、最後に真崎が口を開く。

「一応言っておくと、わたしはここからいっさい動いていないが、広斗くんのことは見ていないよ。広斗くんが白峰荘から出ていっていないことは確かだ」

つまり、この場にいる八人全員が白峰荘の中に散らばっており、今は建物の中央部にあたる玄関ロビーに集結しているが、その誰もが広斗のことを見ていないと言っている、ということになる。

「それって……上林さんもお兄ちゃんと同じように消えちゃった、ってことですか」

萌香が口元に手を当て言った。

この白峰荘は元旅館らしく部屋数も多く広さがあるが、階数は二階しかなく、そこまで複雑な構造をしているわけでもない。広斗が自ら誰にも見つからないように隠れているなどということは考えにくく、この状況は、智久の姿が消えたときと同様であると考える方が自然だった。

一瞬の沈黙が広がった次の瞬間。突然、福良が堪えきれなくなった様子で笑いだす。

「大の男が二人も同じような場所で忽然《こつぜん》と消えたって、これ、事件とか事故じゃなくて本物の霊的現象なんじゃゃ？　白峰荘の中に漂ってる怨念の仕業とかなんですよ、きっと」

「ふざけんな、って言いてぇところだが、こう重なると冗談じゃ通じねぇよな。早いところ、全員ここから出た方がいいんじゃねぇか」

どことなく顔色を悪くしている畠山が暗い声で同調する。

「翔先輩までそんなバカなこと言わないでくださいよ。智久も上林さんも、きっとこの中のどこかにいて出られなくなってるんですって。もう一度、全員で探しましょう」

井原は自分自身を奮い立たせるように明るく声をかけて全員を促《うなが》すが、歩き出そうとする彼女の行く手を、真崎が遮る。

「待ってください。こうなってしまっては、あなたたちに自由行動を許すわけにはいきません。帰すこともできませんので、皆さんはわたしと共にきてください」

真崎は一度そこで言葉を切ると、伊澤に視線を向ける。

「広斗くんが二階に上がって来たのであれば、ロビーにいるわたしに声をかけずにどこかへ移動してしまうことは考えにくいだろう。椋くん、紫王くんと一階を捜索してくれ。電波の繋がるところまで戻って応援を呼んでおく」

「承知しました。上林さんが一階東側突き当たりの部屋から出たところまでは、私と霧生さんが見ているので、居住スペースから階段までを捜索します」

真崎は険しい表情で頷く。

「もはや何が起きているのかわからないが、危険だということは間違いない。決して単独行動をしないように」

「はい。真崎さんもお気をつけて」

そんな真崎と伊澤の会話を、椋はどこか、ぼんやりとした意識の中で聞いていた。

自分の周囲に分厚い防音の膜があり、この場にいる全員の話し声は、その膜の外側から微かに響いてくるようだ。

――広斗が、いない？

信じ難いその言葉だけが、幾度も脳内で響く。

「椋さん、大丈夫ですか？」

横から紫王に名前を呼ばれ、椋はハッとして顔を上げる。

「あ……はい、大丈夫です」

「僕と伊澤さんと椋さんで一階に戻って、再度広斗さんのことを探すことになりました。ただ、もしお疲れでしたら、椋さんは真崎さんについて行っても大丈夫ですよ」

紫王から問いかけられ、椋は慌てて首を横に振る。

「いえ、俺も探しに行きます。広斗のことは、俺が一番よく知っていますから。俺が見つけないと」

そう声に出して言ってから、椋はようやく広斗がいなくなったという事実を現実味をもって捉《とら》え、差し迫った焦燥感を覚える。

――広斗を見つけないと。

再度、心の中で繰り返す。

とても大切なものが、自分の手の中からこぼれ落ちて、見つからなくなってしまった。前触れもなく家族を失ったあの日のことが無意識に思い起こされ、指先から徐々に血の気が引いていく。

「わかりました。では、移動しましょう。無理はしないでくださいね」

紫王の気遣わし気な声に頷きを返し、伊澤が差し出してきた腕に手をかけ、椋は杖をついて歩き出した。

その後。

椋、紫王、伊澤の三人は階段から東側をひととおり探して回ったが、広斗の姿はおろか、自分たち以外には動くものの一つも確認できなかった。

崖に面した部屋の窓の桟にはすべて埃が積もったままで、窓を越えた者がいないことを証明している。白峰荘は完璧な静寂を保ち、今夜一行が足を踏み入れたときから変わっていない。

絶望を感じかけながら大浴場入り口の前にやって来たとき、紫王が足を止める。

「大学生たちも含めて、まだ誰も大浴場には入っていないんでしたよね。位置的にも怪しい場所にありますし、中を探してみましょう。むしろ、危険そうだからと後回しにしすぎました」

「そうですね。危ないので、霧生さんはここで待っていてください」

大浴場は、入り口から脱衣所の部分を覗いてみるだけでも中に足を踏み入れることが危険であるとわかるほどに、あちこちが朽ちて荒れている。だからこそ、時間をかけて智久を探していたにもかかわらず、今まで誰も中に入ってまでは調べていなかったのだ。

視覚を塞《ふさ》いだ状態の椋を、そんな足場の悪いところに連れていけないと伊澤は判断した。

しかし椋は首を横に振ると、覚悟を決めて息を吐き出し、目隠しを外す。まだ瞼は閉じた状態のまま、伊澤から貸りたままにしていたキーホルダーライトを取り出して構える。

そんな椋の様子に、紫王が心配そうに声をかける。

「広斗さんのことは僕たちが探してきますから、無理しないでください」

「行きます。突き当たりの部屋でヴィジョンを見てからまだ時間も経っていませんし。途中で幻覚が見えたら立ち止まって動かないようにしますので、危険性はありません」

そして、椋はゆっくりと目を開く。

目の前には、暗闇へと続く二つの道がある。大浴場への入り口だ。

椋は数回瞬《まばた》きを繰り返し、今見ているものが『断末魔の視覚』によって引き起こされた幻覚ではなく、自分の視界であることを確かめた。

床に落ちた男湯の暖簾《のれん》の上を通り、板間が朽ち果てた脱衣所へ足を踏み入れる。

「十分、足元に注意してください。抜けるかもしれないので、大丈夫そうに見えても板の上には乗らないように」

すぐ後をついてきた伊澤が警告する。椋は伊澤の言葉に従い、あえて完全に板間が崩れ果ててなくなっている箇所を選んで歩いていく。

あたりには、昔は着替えを置いていたであろう棚らしき物や、籠などの残骸が散乱している。場所によっては瓦礫《がれき》が山のように積み上げられているところもあり、コンクリートの床部分だけに足をつけて行こうとすると、かなり深く瓦礫《がれき》に足を突っ込んで行かねばならないような箇所もある。

白峰荘はどこも空気がこもっているが、大浴場につながる脱衣所の中は、いっそう湿った黴《かび》の臭いがした。慎重に歩いていくと、そのたびに独特の臭気が強くなる。

道を作るようにしながら進んでいき、時間をかけてようやく浴室部分へと辿り着く。

男湯と女湯を仕切っていたのは木製の壁だったようで、壁は半分以上が溶けるように崩れ去っており、広い空間が見渡せる状態にある。

そこは、白峰荘の中で最も広大で、陰湿な雰囲気のある空間だった。

吹き抜けの高い天井へ続く壁には、写実的な山の絵が描かれていた様子がうっすらと残っている。だが、この空間の天井や壁のすべてに広がる、黴《かび》らしき汚れによってほとんどが覆い尽くされていた。

崖に面した南側の壁には高い位置に明かり取りの窓が存在するが、人が手を伸ばして届くような高さではない。

ガラスが割れている窓から吹き込む雨のせいか、大浴場は床が完全に水没している。

大浴場なのだからどこかには湯船があるはずだが、広がる水は茶と緑を混ぜ合わせて煮詰めたような色に澱《よど》み、底も見えない。加えて、あたりには水の腐った匂いが充満している。

白峰荘は廃墟だが、私有地であった山の中にあること、知名度の低さから冷やかしで訪れ、破壊行為をする者が少なかったこと、頑丈な作りをした鉄筋コンクリート造の建物であったことなど複数の理由により、約九十年前に放置されたとは思えないほどに保存状態が良い。この地で起きた事件の凄惨さからか、完全に忘れ去られた場所となっていたのだ。おかげで、一部の客室などは、事件発生当時の面影を残し、そのまま時が止まっているのではないかと思われるほどだ。

しかし、この大浴場は違う。

営業当時の面影はいっさいなく、腐り、崩れきっている。異次元の世界に隔離されてしまったのではないかと感じてしまうほど、この場所だけはあまりにも異質である。

当然のことながら完全に水没した場所に人影はなく、ここに広斗か智久がいるとするならば、濁りきった水の中に死体を遺棄されている場合だけだ。

「……こんなところに、広斗がいるわけがない」

椋は、わかりきっていたことを呟く。

そもそもこの大浴場に至るまでの脱衣所にも、人が歩いてきたような跡はなかった。その時点で、誰かが大浴場に侵入していることはないと推測できるのだが、それでも捜索の手が及んでいない場所への、微かな期待を持ってしまっていたのだ。

これで、白峰荘の中で捜索していない場所はなくなった。広斗がどこにもいない。

その事実だけが、心に重くのしかかってくる。

椋は脱力しながら、ゆっくりと天を仰ぐ。視線の先には、黒黴《かび》に覆い尽くされた高い天井が広がっているばかりだ。

――広斗。お前は今、どこにいるんだ。

心の中で広斗にそう問いかける。口に出しているわけでもなく、返事があるはずのない問いかけ。だがその瞬間、椋は広斗が自分の元を去ったときに、最後に言っていたことを思い出す。

広斗が椋のそばを離れたのは、椋の行動に対する伊澤との意見の相違が、口論に近いものへと発展したからだ。そして頭を冷やすために、椋、伊澤と距離を置こうとした。

しかし彼は最後に『気になることもあるので』と、そう言ってはいなかったか。

――広斗の気になることとは、いったい何だったのか。

4

椋はくるりと踵を返して歩きはじめる。

「椋さん、どこへ行くんですか」

「居住スペースに戻ります。九十年前の事件は、主にあそこで起きているので」

「九十年前の事件が、どうして今関係あるんですか?」

「広斗はおそらく、俺がここに来て最初に見た、九十年前にここで起きた事件のヴィジョンから何かのヒントを得たのだと思います」

「どんなヒントですか?」

「わかりません。でも、それを確かめに行って、帰ってこられなくなった。だから、九十年前の事件の全容がわかれば、広斗のいる場所が見えてくる気がするんです。きっと智久さんも同じ場所にいる」

紫王に返事をしながらも、来た道をたどって廊下へと戻る。すぐに紫王と伊澤が後をついてきた。

「椋さんが最初に見たヴィジョンって、具体的にどんな内容なんですか?」

紫王が続けて質問すると、椋の発言内容をメモしていた伊澤が、椋の言葉をなぞって答える。紫王は軽く眉を寄せた。

「なかなかヘビーな内容ですね。でも、やっぱり今回の事件とは関係がなさそうに思えてしまうんですが」

「俺もそう思います。でも、広斗が言ってたんですよ。『椋さんが見ようとして見たものだから今見たものの中に手がかりがあるはず』だって」

話しながら、椋はそのときの広斗の声を思い出す。

「そのときは、俺を慰めるために、さらに無理してヴィジョンを見させないように言っているんだと思ったんですけど。もしかしたら、そうじゃないのかもしれない」

椋が伝える広斗の言葉を聞き、紫王は小さく息を漏らして笑う。

「広斗さんらしいですね」

「そうですね……広斗はいつでも、俺以上に俺のことを信じてくれる」

椋もつられて口元を緩めた。

広斗は元より勘の鋭いところがあるが、広斗が捜査に新しいひらめきをもたらすのは、椋のことを常に百の力で信じているからこそ、出てくるものであることが多い。

普通の人は、与えられた情報を、自分の中で役に立ちそうにないものと役に立ちそうなものに分け、役に立ちそうな情報だけを元に思考する。

至極当然のことであり、その作業を経なければ、無駄な情報に振り回されることになる。しかし、一度自分の中で取捨選択をするということは、その段階で余計な偏見が入り込み、本来推理に必要な情報を不要なものとして選り分けてしまう可能性があるということだ。

大浴場の横にある狭い廊下を抜け、厨房を通り抜ければ、居住スペースの廊下に出る。

水の腐臭漂う大浴場とはまた違う、妙に重苦しい空気に満ちたその場所を、椋は速度を落としてゆっくりと歩く。

突然、視界が完全な暗闇に包まれた。


しばらくの間があいた後に、暗闇に一つの灯りがついた。

灯りの正体は、椋の持つキーホルダーライトではない。ひどく古めかしく無骨な懐中電灯である。その懐中電灯を持つ手も、椋のほっそりした手よりも一回り大きく、多少の肥満を感じさせるものだった。

懐中電灯の丸く白い光は正面にある床の間を照らし出す。

これにより、自分の立っている場所が廊下ではなく、室内であることがわかった。床の間があるのは、居住スペースの中では最も広く、突き当たりのドアから出て左手すぐの部屋だ。

視界が動き、丸い光に照らし出されるものが変わる。

暗い窓に反射した光で、懐中電灯の持ち主の姿が映り込んで見えた。寝巻きを着た、恰幅の良い中年男性である。男性は床の間に近寄ると、その隅に置かれていた木刀を手にする。

視界はさらに移動して部屋を横切り、襖《ふすま》を開いて廊下へと出る。

次の瞬間。光に照らし出されたのは、右手に出刃包丁を持ち、全身が泥のようなものと返り血で汚れた醜く異常な男の姿だった。

物音に気付いたのか、男がこちらを振り向いた。伸びきってボサボサに垂れ下がる前髪の隙間から、小さな目が眩しげに細められている様子が見える。ふと男の口が開き、こちらに向かって何か話す。

視界の主は一瞬だけ躊躇したようだったが、すぐさま動き出した。

手にした木刀を振り上げ、目の前にいる男目がけて走り出す。だが、木刀が振り下ろされる前に男が身を屈《かが》めた。男はそのまま懐へと潜り込み、包丁を突き出す。

一瞬の静止の後で、視界がぐるんと回る。床に倒れ伏し、近くに転がった懐中電灯の光によって見えているのは、下腹部に深々と刺さった包丁の柄だけ。上から伸びてきた汚れた手がその柄を掴み、一息に包丁を引き抜いた。

たちまち、栓を抜かれたように噴き出す鮮血。床の上を流れていく先を見守るうちに、視界が暗転した。

「っ……この廊下でも、一人殺されています」

痛むはずもないのに、無意識に自分の下腹部を押さえながら、椋はうめくように言った。そのましゃがみ込みたい欲求を必死に堪え、足を踏ん張って立ったままでいる。

「九十年前の事件の被害者ですか?」

唐突に立ち止まった様子から、椋が幻覚を見ていたことに気づいていた伊澤に問いかけられ、椋はきつく目を閉じたまま数回頷く。

荒く呼吸を繰り返し、早鐘を打つような鼓動を抑えようとする。

「視界の主は、がっしりとした体型の中年男性でした。雰囲気からして、おそらく旅館の旦那さん、ですかね。そこの部屋から、懐中電灯と木刀を持って廊下に出て、犯人の男に立ち向かおうとしたところ、返り討ちにあっています。凶器は変わらず包丁です」

そこの部屋、と言いながら、椋は目を閉じたまま廊下の先にある部屋を指差した。この辺りを探索したときには目隠しをした状態で同行していた椋だが、その部屋に床の間があることは、サポートをしてくれていた広斗から聞いていた。

椋が指す方向を見て、紫王は思考を整理するように自身の顎《あご》に指先をかけた。

「なるほど。あそこは居住スペースの中だと一番広くて立派な部屋ですね。旦那さんの部屋だったと考えると納得できます。木刀を持って出たということは、旦那さんが気づいたときにはすでに物音や悲鳴などがしていて、侵入者がいることを予想していたと考えられるので、一人目の被害者ではないですね」

「俺もそう思います。ちなみに突き当たりの部屋で殺された女性も、物音に気づいて、部屋の灯りをつけていたような感じでした。女性を殺害後に犯人もそこで自殺しているので、彼女が最後の被害者です」

椋は息を吐き出して姿勢を正す。そのそばに伊澤がやってきた。

「霧生さん、水をどうぞ。どこかに座って休憩しますか？」

「いえ、大丈夫です。急ぎたいので」

軽く手を上げて差し出されたボトルも断り、椋は右手にある手前の部屋に入る。

「急ぐといっても、霧生さんは『断末魔の視覚』を意図して見ることはできないのでは？」

後を追いながら、伊澤が問いかける。

椋が一つのヴィジョンを見てから、次のヴィジョンを見るまでにはおおよそ三十分程度のインターバルがある。突き当たりの部屋で連続してヴィジョンを見る必要があった、つい先ほどの調査のときにもそうだった。

しかし椋は伊澤に返事をすることなく、布団が一組だけ敷かれた部屋の中へ足を踏み入れ、目の前の光景に集中している。

代わりのように、部屋の入り口に軽くもたれた紫王が伊澤へ返事をする。

「椋さんの特殊能力は後天的に備わったもの。しかも、異能係の外部パートナーになるまでは、極力使わないように封じ込める形で過ごしてきたものです。まだわからないことがあって当然ですし、能力が強化される可能性もありますよ」

「現場で急に能力に変化が起きるものですか？」

「今の椋さんのように、必要に迫られて『何としてでも能力を使いたい』と思っているときなどは特にね」

「時間を置かずにヴィジョンを見ることができるようになる、ということですか？」

「ええ。霊能力者も人間ですから、成長するんですよ。僕も子供の頃より今の方が、はっきりと守護霊を感じますしね。まだ能力が制御できていない椋さんの場合、短い時間で次のヴィジョンが見えてしまうのは良いことなのか悪いことなのかはわかりませんが」

紫王によって滑《なめ》らかに語られる説明も、伊澤の返事も、椋の耳には聞こえていなかった。キーホルダーライトの光をあちこちに向けながら、周囲を見渡し、部屋の中央に敷かれている布団を避けて進んだところで、ふと動きを止める。

「霧生さん？」

伊澤が声をかけるが、返事はない。

椋は無言のまま二分程直立不動でいたが、ふと肩から力を抜いて大きく息を漏らすと、青白い顔で振り向いた。

「ヴィジョンが普段よりも短く終わったので、この部屋で殺された人は、眠っていたところを襲われて、ほとんど意識がないままに亡くなっているんだと思います。窓から差し込むわずかな月光で、目の前で人が動いているのは見えたのですが、それがどんな人物か判別することはできない程度でした」

「もう次のヴィジョンが見えたのですか？」

軽く息を飲んだ伊澤からの問いかけに、椋は静かに頷いた。ヴィジョンが次々に見えるようになった、ということは椋にとっても異例の事態だが、今はそのようなことに意識を向けていられる心理状態にはない。

紫王が考察を続ける。

「物音に気づいていなかったということは、最初の被害者である可能性が高いですかね。厨房から一番近い部屋ですし」

「そうかもしれません。少なくとも、この部屋にいた人が眠りからさめるほどの物音なり声なりは、していなかったのだと思います」

椋は紫王と伊澤の横を抜けて廊下に戻ると、隣の部屋へと足を踏み入れた。つまり、床の間があった旦那の部屋と、眠ったまま殺された者の部屋の間にある部屋だ。

その部屋にも敷かれている布団は一組だけ。他の部屋との差異は、仏壇が置かれているることくらいである。先ほどと同様に布団を避けて部屋の中央へと歩みを進めていく。紫王と伊澤は、もはや無言で後をついてくる。

それからしばらくの間は、何も起こらなかった。

静まり返った空間の中で、椋はあたりを見回しながら、ただそのときを待つ。

ここまで強く『断末魔の視覚』を見たいと思ったのは、椋にとって初めてのことだった。

緊張を張《みなぎ》らせながら瞬《まばた》きをした瞬間。見えてきたのは、薄暗がりの中の天井だった。

全体の明るさは変わっていないが、雰囲気と光源が変わっている。先ほどまでは紫王と伊澤が持つ懐中電灯のスポットライトのような光が周囲を照らしていたが、現在の室内の様子を微かに伝えてくる光は、窓からの月光だ。

今の白峰荘は、外壁を包み込むように生い茂る蔦によって、窓はほとんど塞《ふさ》がれている。これだけ広範囲に月光が差し込むということは、それだけで、今見ている光景が過去のものであるという証だった。

ゆっくりと起き上がり、部屋の中を見渡す。

構造や物の位置は椋が今いる部屋と同じだが、一瞬で時間を巻き戻したかのように、すべてが朽ちる前の、廃墟ではない姿がそこにあった。

視界はそのまま、廊下に繋がる襖《ふすま》へと近づいていく。視線が低いのは、膝立ち状態で移動しているからだ。

襖《ふすま》へ伸ばす手の様子からいって、視覚の主は老齢であることが窺える。震える手でゆっくりと襖《ふすま》を開き、隙間から外の様子を覗く。

そこには、廊下の床に倒れ込んで血を流している中年男性の姿があった。転がっている懐中電灯の光によって、驚愕に目を見開く死に顔が照らし出されている。視線を上げれば、全身が汚れきった異常な姿の男がこちらを見ている。

その瞬間、飛び跳ねるようにして襖《ふすま》から離れた。

腰を抜かし、這《は》いずるようにして部屋を横切る。襖《ふすま》から離れた位置に置かれた仏壇に辿り着く寸前、体が強制的に引きずられ、反転させられた。

仰向けになった視界の中央には、こちらに向けて何かを話す男の姿がある。

視界の主は弱々しいながらも両手を振って男の体を遠ざけようとするも、その次の瞬間には、抵抗虚しく顔面めがけて血に塗れた出刃包丁の刃が振り下ろされた。

椋は大きく息を吐き出しながら、片手で目元を覆った。足が震え、前屈みになっているが、しゃがみ込まずに堪えている。

「この部屋で物音か何かに気づいて廊下を見に行ったところ、旦那さんが床の上に倒れ込んで死んでいる姿が見えました。なので、順番的には旦那さんの次がこの部屋の主です。その後、部屋に入り込んできた犯人によって顔面付近を刺されて殺されています」

「本人はどんな人だったか見えましたか？」

紫王が問いかけた。

精神的な負荷によって息が荒くなっている椋は、ゆっくりと答える。

「視界に入っていた手の印象からいって、年配の方です。なので、大旦那か大女将というところでしょうか」

「部屋の感じからすると、大旦那ですかね。なんとなく」

そうして考察をする紫王に軽く頷くだけで返し、椋はまたすぐに部屋を出た。

厨房から見て廊下の右手にある三部屋の主のヴィジョンを見終え、残るは廊下を挟んだ三部屋だ。そのうち、厨房に最も近い部屋は倉庫である。倉庫は軽く見るだけにとどめ、椋はその右隣にある、大きな部屋へと入った。

そこは、第二の倉庫になっていたのではないかと思われるほどに置かれている物が多い。瓦礫《がれき》と、元々部屋にあった物品が入り混じり散らばっている状態になっており、足場が悪かった。加えて、布団が三組も敷かれている。

足元を確かめながら部屋の中ほどまで進もうとしたところで、椋は不意にバランスを崩してしまった。

前方へ倒れ込むが、目の前にあった汚れきった布団に両手をついて、なんとか顔から倒れ込むことは回避した。その瞬間に立ち上った臭気には、黴《かび》臭さや埃の匂いに奇妙な生臭さが混じっている。両手に触れた黒ずんだ布団の、湿っていながらも、生地の中に染み込んだものによって硬化したような感触が、椋の背に悪寒を走らせた。

「霧生さん、大丈夫ですか？」

すぐさま伊澤がそばへやってきて、椋の腕を取り引き上げようとする。

「すみません」

我に返った椋は短く謝罪の言葉を述べ、伊澤へ視線を向ける。だが、視界は突然暗くなり、何も見えなくなっていた。

暗くなったのと同様に、前触れもなくパッとついた懐中電灯の光が、暗闇の中に円形の光景を切り取る。

そこに浮かび上がったのは、全身が泥のようなものでひどく汚れた異常な男の姿だった。男は隣の布団の横にしゃがみ込んでおり、右手には血塗られた出刃包丁が握られている。

あっと思う間も無く男の腕が振り上げられ、隣の布団に包丁の刃が突き立てられる。正しくは、布団で眠っている人物の首元へ。

布団が激しく波打つ。首を切られた者が、水からあげられた魚のように全身で暴れはじめたのだ。刃が引き抜かれて血飛沫が噴き出すとともに、その狂ったように動いていた四肢もピタリと動きを止めた。

一瞬の静止の後に男の頭がゆっくりと動き、妙に冷静な眼差しをこちらへ向ける。すぐさま、激しく視界が動きはじめた。

布団から飛び起き、襖《ふすま》の開け放たれている出入り口から廊下へ出ようと走り出したが、すぐ前につんのめった。そのまま畳の上へと倒れ伏す。様子からわかるのは、逃げようとしたところを背後から刺されたのだろうということだった。視界の動きからは性急さがなくなり、床に倒れ込んだまま、ゆっくりと周囲を見回している。

畳の上に並べて敷かれている三組の布団のうち、人が寝ているのは、つい先ほど目の前で首を切り裂かれて人が死んだ一組だけ。一つは視界の主がたった今飛び出してきたもの。残るもう一つの布団に人影はなく、掛け布団が軽く捲り上げられ、寝ていた者が自ら起き出したあとの、抜け殻のような状態のままになっていた。

ふと、目の前に男の足が近づいた。男が視界を横切り、廊下へと出て行ったのだ。男は裸足で、靴や草履の類は履いていなかった。

頭上へ新たな光が差し込んだところで、視界が暗転する。

椋の全身は、もはや自分の意思では抑えられないほどに震えていた。

胃の奥が重くむかつき、込み上げてくる吐き気を、奥歯を噛み締めて堪える。何度目かもわからない唾液の嚥下をして、それでも椋は再び歩き出す。

「霧生さん、そろそろ休憩しましょう」

「大丈夫です」

「顔色が悪いですよ。とても大丈夫なようには見えませんが」

椋の行動を制止しようとする伊澤の言葉に、椋は小さく笑った。

「伊澤さん、なんだか広斗みたいなこと言ってますよ」

虚をつかれ、伊澤が言葉を返すことができないでいる間に、椋は三組の布団が敷かれていた部屋を出て、廊下へと戻る。

「今の部屋では、何が見えたんですか？」

椋のすぐ後をついていく紫王が問いかける。

「暗闇の中、懐中電灯をつけたところ、隣の布団で寝ていた者が首を刺される瞬間からはじまりました。すぐに犯人から逃げようとしましたが、背後から刺されて畳の上に倒れ込み、そのまま絶命しています」

「最初に殺人鬼の存在に気づいて声を上げたのは、その人かもしれませんね」

「そうかもしれません。それで、倒れ込んだ後に部屋の様子が見えたのですが、布団が三組あるうち、一組には人が直前まで寝ていたような跡があるだけで、人がいなかったんです。部屋の中に他の死体はありませんでした」

「つまりは誰か一人がさっきの大部屋から出て、他の場所にいる、と?」

「俺はそう思います。どこに行ったのかはまだわかりませんが……この部屋で最後です」

そう会話をしながら、椋はさらに隣の部屋へと足を踏み入れる。最後となった部屋は、かなりこぢんまりとした印象だ。中央には布団が敷かれ、奥の壁の前には鏡台がある。

椋は意思に反して震える体をそのままに、ぐっと拳を握り込む。視界に変化が訪れるまでに、そう長い時間はかからなかった。

第四章　生き残り

1

しばらく暗闇が続いた。暗闇の中でも何かしらの動きがあることはわかったが、この部屋には窓がないため、部屋の主が明かりを灯さない限り、様子が見えるようになることはない。

――このまま何も見えずに終わってしまうのだろうか。

椋がそう不安を覚えた瞬間、目の前に白髪の老婆の顔が浮かび上がった。廊下に繋がる襖《ふすま》が開き、廊下の床に転がっている懐中電灯の光が、仄かながらに差し込んできたのだ。

視界の中央に浮かび上がった老婆の顔は、部屋の奥に置かれた鏡台に映った、視覚の主の顔だということがわかる。老婆は仏頂面で、怒っているようだった。

老婆は鏡を見つめ続けており、その背後にゆっくりと迫る足元が映り込む。老婆がそのまま男に襲われてしまうのかと、椋の鼓動は速まる。

と、次の瞬間。老婆が振り向いた。

見上げれば、血と泥のようなもので全身がひどく汚れた男の姿がすぐそばにあった。

男の口が動き、こちらに向かって何かを話しはじめた。

椋は、男の口の動きに神経を集中する。

最初の母音は『お』。唇を一度短く閉じた後で『あ』の母音。同じ音が続く。次の母音も『あ』だが、唇は閉じない。最後も唇を短く閉じ、母音は『あ』。

男は同じ言葉をもう一度繰り返しかけたが、突然ビクッと体を震わせた。顔面も汚れきっているせいで表情を読むことは難しいが、なぜだか怯えているように見える。

この部屋へ至る前に何人もの命を奪ってきた殺人鬼は、男の方だ。その殺人鬼がすぐそばに迫っている状態で、怯えるべきは老婆の方であるはず。

――なのに、この男の表情は何なんだ。

椋が強く違和感を覚えた次の瞬間。

男の顔から、いっさいの表情が消え失せた。握りしめた包丁を首元の高さまで上げて構え、真正面から襲いかかってくる。

それから視界が暗闇に引き戻されるまでには、たいした時間はかからなかった。

視界が自分のものへと戻ってくると、椋はついに、その場へゆっくりとしゃがみ込んだ。目を閉じた状態で俯《うつむ》き、ヴィジョンの中で見た男の口の動きを思い出す。

男が発した言葉を探ろうと、男の口の動きから予想される母音を口に出していると、側にやってきた紫王に強く肩を揺さぶられた。

「椋さん、しっかりしてください」

精神的負担に耐えかねて、ついに正気を失ったと思われたのである。

椋は思わず小さく笑い、顔を上げて紫王を見返す。

「急に変なこと言ってすみません、大丈夫です。今見えたヴィジョンの中で……というか、これまでもそうだったんですが。犯人の男が、これから自分が殺す被害者たちに向かって、何かを話しかけていたんです。それで、男の口の動きから何を言っているのかを探ろうと思って」

「それが『おああああ』なんですか？」

「毎回同じことを言っているわけではないみたいなんですが、今回犯人が発していた言葉の母音はそうでした。二音目と三音目は唇を一度閉じていたので、破裂音です。『ば』とか、『ぱ』とか」

説明をしてから、椋は再度、男の口の動きをトレースするように自分の口を動かし、音を探る。

そして、鏡台に映り込んで見えていた姿から、一つの単語が思い浮かんだ。

「お、あ、あ、あ、あ」

「もしかして『おばばさま』……？」

「それって、おばあちゃんに向かって呼びかける『お婆様』って意味ですか？」

「確信はないんですが。そこに置かれている鏡台に姿が映っていたので、この部屋で殺された被害者が高齢の女性であることは確かです。厳格そうな印象がありました」

紫王が眉間に皺を寄せる。

「いくら対面している相手が高齢の女性だからといって、山から侵入してきた行きずりの異常者が『お婆様』なんて呼びかけませんよね」

しっかりと頷きを返し、椋は今まで見てきたヴィジョンのすべてを、痛みを覚えながらも振り返る。

犯人の異常な姿や、犯行に至る凶暴性は、どの被害者の視点から見ても共通している。しかし、大女将と思しき老婆《おば》のいる部屋では『お婆様』と呼びかけ、何かがあって、一瞬怯えるような様子を見せた。突き当たりの部屋では涙を流して訴えている。そしてその男の言葉を聞いた中年女性は首を振り、彼女もまた言葉を返していた。

そこから推察できるのは、被害者たちと犯人の男との関係だ
「大女将への呼びかけからいって、犯人の男は、白峰荘を経営していた一家の、家族だと思います。大女将の孫ということは、女将と旦那の子供」

そこで、黙って様子を見ていた伊澤が疑問を呈する。

「しかし、もしそうであれば、犯人が死亡していたとしても、孫の犯行であると特定できたのではないでしょうか。犯人の死体は残されているのですし、人相で判別がつくのでは？　家族が全員殺されたといっても、関係のあった人たちはいたでしょうから」

「つまり、白峰荘の若旦那という立場にあるはずの犯人の存在は、周囲から完全に隠されていた、ということになりませんか？　関係者である家族が全員死んでしまった状態では、誰も、犯人の出自がわからなかった。だから、犯人のひどく汚れた様子から、山中で生活していた異常者が侵入してきたのだと思われた」

確信をもって話す椋の言葉を聞き、腕組みをした紫王が目を細める。

「家族経営の白峰荘には、周囲から存在を隠す必要がある子どもがいた。実際に隠せていたということは、この旅館のどこかに隠し部屋が必要になる。ならば、今回の神隠しのように存在ごと消える事件のトリックには、その隠し部屋が使われているはず。なるほど、今回の事件と繋がりますね」

「過去の事件だけを考えれば、山中の小屋などで生活をさせていた可能性もありますが。今回、白峰荘の中から不自然に人が消えていることを考えれば、隠し部屋があると断定していいと俺は思います」

「つまり『九十年前の事件の犯人がどこから来たのかがわかれば、智久さんと上林さんがどこにいるかがわかる』ということですか」

伊澤がまとめると、椋と紫王は同時に頷いた。紫王が考察を続ける。

「まず犯人は厨房から出てすぐ右手の部屋に入り、寝ている人物を殺害。次に左手手前の三人部屋に入り、二人を殺害。そのうち一人の悲鳴や逃げ出そうとする物音を聞いて、旦那や大旦那が侵入者の存在に気づいた」

紫王の後を椋が引き継ぐ。

「犯人は廊下に出てきた旦那を殺害。次に仏壇があった大旦那の部屋に入って殺害。左手奥にいた大女将を殺害し、最後に突き当たりの部屋で、自分の母親である女将を殺したあと自害。足取りからいって、厨房の方から来たのは間違いありません。凶器の包丁も、厨房から持ってきたものなんだと思います」

「過去の事件の被害者は八人。犯人含めて九人が死んでいるはずですが、残り一人がまだどこで殺されたのかもわかっていないようです」

二人の話を聞き、伊澤は、死に場所がわかった者の人数を数えた。

「じゃあ、ひとまずは犯人が来た方向であることが確定している厨房に移動しますか」

紫王が促《うなが》し、しゃがみ込んでいた椋は足に力を入れると、伊澤の手を借りて立ち上がった。三人で廊下を抜けて厨房へと向かう。

その途中で疑問を抱いたらしい伊澤が、ふと首を傾《かし》げた。

「白峰荘のどこかにある隠し部屋から出てきたのであれば、過去の事件の犯人はどうして『山中で生活していた』と推測されるまでに汚れていたのでしょうか。霧生さんも、最初のヴィジョンを見たときから、犯人は泥のような何かでひどく汚れていたとおっしゃっていましたよね」

椋は突然足を止める。

「……泥のような何か」

無感情に伊澤の言葉を繰り返した瞬間、脳内にある閃《ひらめ》きが起こった。

広斗が何かに気づいて調べに行き、姿を消したのであれば。ヒントは必ず、椋が最初に見たヴィジョンの中にあったはずなのである。

椋は伊澤と紫王に声をかけることも忘れ、気持ちが急《せ》くままに走りだす。

「霧生さん、どこに行かれるのですか？」

伊澤が慌てて声をあげたが、椋は足を止めずに厨房を抜け、極めて狭い廊下を通り、そのまま大浴場の前を駆け抜ける。

辿り着いたのは、二階へ繋がる階段を通り過ぎた先にある、トイレの前だ。椋が男性用トイレに繋がるドアノブに手をかけたそのとき、視界が切り替わった。

ドアノブへ向かって右手を伸ばす。椋自身の動きと完全にシンクロしていたその手が自分のものではないということに気づいたのは、見えている袖がワイシャツではなく、寝間着らしき浴衣の袖だったことが理由だった。

よくよく見れば、目の前にあるドアはずいぶんとしっかりしていて汚れがなく、掲示されている『男』という表記もはっきりと読み取れる。視界の主の左手には、旦那が持ち出していたのと同じ、古い型の懐中電灯を持っていた。

今の白峰荘にあるものよりもずっと綺麗なノブを捻《ひね》って、ドアを開きかけたその瞬間。反対側からドアを押しのけ、全身が泥のようなものでひどく汚れた男が、突然姿を現した。

椋は、今自分が見ている視界の主が、三人部屋からいなくなっていた八人目の被害者であることを理解する。

――いや、状況から言えば、事件の最初の被害者だ。

ドアが開くときの勢いに押されたか、驚きによるものか、視界が数歩後ろへと下がる。自然と距離があいたが、目の前の男はこちらを見るなり、勢いそのままに目の前へと迫ってきた。

伸ばされた両腕で押さえ付けられ、床の上へ倒れる。至近距離で一瞬見えた男の両手は汚れているどころの話ではなく、爪のすべてが剥《は》がれている凄まじい状態だった。

汚れた髭に覆われた男の顔が眼前に迫る。

男の両手が、爪のない指が、男の全体重を乗せて、首に巻き付いていることがわかる。視界の主も腕を暴れさせ必死の抵抗を続けているが、獣めいた荒々しさのある男が退《ど》くことはなかった。

次第に視界の主の腕の動きは緩慢になり、視界がぼやけていく。最終的には腕も上がらなくなり、あたりは暗闇に包まれていった。


「椋さん！」

椋が自身の首に手をやり、息苦しさから荒い呼吸を繰り返していると、あとを追ってやってきた紫王が肩に触れた。

「ここでも見えたんですか？　もしかして、智久さんの？　それとも……」

最悪な想像をする紫王に首を振り、椋は、渇ききっている喉を多少なりとも湿らせるために意識して唾液を嚥下してから答える。

「過去の事件の、最初の被害者です。これで八人の被害者は、すべて殺された現場がわかりました」

「なるほど、夜に起きてトイレへ向かったところで、犯人と鉢合わせしたんですね。では、犯人が出てきた場所もこの近くということですか」

「はい。トイレの中からです」

椋は軽く咳払いをしてから、気を取り直し、目の前のトイレに繋がるドアを開く。

手前には小便器が二つ、奥には個室が一つある。

「トイレの中に隠し部屋が？」

「きっと、ここは意図したものではなかったのだと思います」

答えながら、椋は真っ直ぐに奥の個室へと向かった。狭い空間の中央にあるのは和式便座で、穴のあるべき場所には陶器の蓋が被せられている。

白峰荘全体が朽ちて汚れきっているが、他の場所とは比較にならないほど、汚れへの生理的な拒否感をいっそう強調するのがこのトイレという場所だ。

人が使わなくなってから長い年月が経っているが故に、幸いなことにトイレ特有の臭気は完全になくなっている。それでも、あらゆる場所が黒ずんでいる便器周りの様子には近寄り難い雰囲気が漂っていた。

しかし、椋は迷うことなく個室の前にしゃがみ込むと、肘にかけていた杖を置き、和式便器が嵌《は》め込まれた床そのものに指をかけた。

力を入れて持ち上げると、便器がくっついたままの木の床全体が動きはじめる。

「うっ。椋さん、何やって……」

椋の背後に立っていた紫王は思わず自分の服の袖で口元を覆う。

と、次の瞬間に見えたものに目を見開いた。

「広斗！」

悲痛な声で椋が叫ぶ。

床の真下から現れた空間に、気を失った広斗が倒れていた。

空間の蓋になっていたトイレの床を完全に外して脇によけると、椋はためらうことなく広斗の元へと降り、体の横の地面に膝をつく。

そこはつまり、汲《く》み取り式便所の便槽である。日常的に使用されている状態であれば、トイレを使用した人間の糞尿《ふんにょう》が溜められている場所だ。

しかし、九十年前に放棄された白峰荘の便槽は完全に乾ききり、土と呼称して差し支えないものが地面として堆積しているだけの状態になっていた。深さは二メートル弱。幅は三メートル程度の広さがあり、周囲の壁面はセメントで固められているが、そのうちの一面には、人が中腰で通れそうなほどの大きな横穴が開いていた。

あきらかに後から開けられたものであり、穴がどこに通じているのかもわからないが、今の椋には、その穴の先に意識を向けられるような余裕はなかった。

「広斗、広斗っ」

今まで必死に保ってきた精神が揺らぎ、泣きそうな声で名前を呼びながら、椋は自分の膝の上に広斗の上体を抱き上げようとする。その瞬間掌《てのひら》に触れたのは、濡れた温かい感触だった。

ゆっくりと掌《てのひら》を上げて確認すると、紫王の持つ懐中電灯の光に照らされて、手にベッタリと付着した赤い血が見えた。広斗は、後頭部からひどく出血しているのだ。見れば、広斗の横に血のついた瓦礫《がれき》が転がっている。

その血の赤さを目にした瞬間、椋の体が今までの比にならないほどにガクガクと震えだした。急速に口の中が乾いていき、地面がどちらの方向にあるのかわからなくなるほどの、激しい眩暈《めまい》がする。

「ひろ、と……いやだ、い、や……だ」

震える声でやっと紡いだのは、現実を受け止めたくないという拒絶。椋の脳裏に、両親と姉の無惨な姿を見つけた、あの日の光景がよぎる。

と、紫王の背後から様子を見ていた伊澤の鋭い声がかかる。

「霧生さん、上林さんの呼吸はありますか。脈を確認してください」

的確な指示を受け、半ば放心状態にあった椋は広斗の口元へと耳を近づけるべくかがみこみ、持ち上げた手首に指の腹を当てる。すると、耳には小さな呼吸音が届き、指先には広斗の肌の温もりと微かな脈動を感じた。

椋は、肺からすべての空気を搾《しぼ》り出すように、ゆっくりと息を吐く。

「……いきてる。生きて、ます」

それから間も無く、真崎が呼んでいた警察の応援が白峰荘に到着した。広斗はすぐさま担《かつ》ぎ出され、意識が戻らないままに近くの病院へと搬送されて行った。

玄関ロビーから少し外に出たところまで広斗を見送ってから、椋は白峰荘へと戻る。

──俺はここで、まだやるべきことがある。

今すぐに広斗のあとを追いかけたい気持ちを抑え、胸の中でその言葉を幾度も繰り返しながら。

2

椋は、広斗を発見した空間に再び戻っていた。

向かうべきは当然、便槽から続く横穴の先である。キーホルダーライトで穴の中を照らして覗き込んでも、暗闇が続いている様子が見えるだけで、穴の先がどこに通じているかはわからなかった。

意を決して横穴の中へと入ろうとしたとき、椋の横に伊澤が降りてきた。真崎と分かれてから行っていた捜査や、判明したこと、広斗が発見された経緯などの情報を、伊澤は先ほどまで真崎に報告していたのだ。

「待ってください。危険ですので、そこから先は私が行きます」

　椋は伊澤に視線を向けてから、首を横に振る。

「でも、智久さんがこの先にいるのなら、俺が行って確認しないといけないんです」

　智久が消えた突き当たりの部屋で見えたヴィジョンは、過去の事件の被害者である女将と、自害した犯人の二つだけ。椋は、智久が殺されたのは別の場所だろうと考えていた。

――智久さんが亡くなる直前に見ていたものを知ること。それが、この事件における俺の最後の仕事だ。

　これまでの捜査で、椋の精神的負担はすでに限界を超えている。まだ動けているのは、智久からのメッセージを受け取らなければならないという強い使命感からだ。椋の表情を見て、伊澤は静かに息を漏らす。

「わかりました。では、安全を確認したらお呼びしますので、それまでは中に入らないで、ここで待っていてください。よろしいですか？」

　椋が頷きで返事をすると、伊澤は自身の持っていた懐中電灯で先を照らしながら、腰を屈《かが》めて横穴の中へと入っていく。

それから椋が待っていたのは、わずか数分のことだった。

「霧生さん、入ってきて構いません。しばらく狭いので、頭上に注意してください」

横穴の奥から反響した伊澤の声が響き、椋も後に続く。

便槽の壁面はセメントで固められていたが、厚みは一センチ程度と薄い。そこから先の横穴は何の補強がされているわけでもなく、すべて土を掘っただけのものだ。

圧迫感のある暗い穴の中を屈《かが》んだまま歩き続けてしばらくすると、前方に光が見えてきた。伊澤の持つ懐中電灯だ。

そうしてたどり着いたのは、地下牢だった。椋がやっと屈《かが》まずに立てる程度の低い天井。目の前には鉄格子が嵌《は》め込まれており、空間が分断されている。

そして目の前の床の上には、額から血を流して仰《あお》向《む》けに倒れている男性の姿があった。智久だ。その横には伊澤がしゃがみ込んで、トランシーバーに向かって話している。

「横穴の奥に地下牢らしき空間があり、智久さんと思われる男性が倒れているのを発見しました。脈はなく、すでに死後硬直の緩《かん》解《かい》が始まっています」

『了解。すぐに鑑識を向かわせる』

そんな伊澤と真崎の会話を聞きながら、椋はキーホルダーライトの光をあちこちに向け、あたりを見回す。

置かれていたものが朽ちたのだろうと思われる残骸はいくつかあるが、とてもではないが、人間が生活していたとは思えないような空間だった。

目の前にある鉄格子は天井から床まで嵌まっているが、その一部が扉になっており、半開きの状態だ。鉄格子の向こう側の空間からは、また別のしっかりとした通路が奥へと続いていた。

つまり、閉ざされているのはこちら側であり、椋と伊澤が通ってきた横穴は、地下牢の内側にある壁から伸びていたものである。地下牢という性質と様子からいって、建設時に作られていたとは考えにくい。地下牢に閉じ込められていた者が、長い年月をかけて秘密裏に掘り進めていたものではないかという推測ができた。穴の横には、穴を隠すのに使っていたのではないかと思しき汚れきった畳が立てかけられている。

「ここに閉じ込められていた過去の事件の犯人は脱出を願い、横穴を掘っていた。それがたまたま便槽に突き当たり、犯人はそこから白峰荘内部に侵入することになった、ということみたいですね」

伊澤に伝えるというよりは独り言のような声量で呟きながら、椋は複雑な心境になっていた。　被害者たちのヴィジョンで見た殺人鬼の姿はただただ恐ろしく、八人もの命を奪った行為は到底許されるようなものではない。しかし、長年にわたり家族からこのような場所に幽閉されていた男の苦しみも、想像を絶するものがある。

深く俯《うつむ》き、椋はそのままピタリと動きを止める。椋の網膜にとある場面が映し出されはじめたのだ。

しばらくの後、椋は深く息を吐き出してから、ポケットに入れたままにしていた目隠しを取り出し装着する。慣れ親しんだ柔らかな布の感触に目元を包まれ、完全なる暗闇が戻ってくる。

白峰荘にはもはや、椋が見る必要のあるものは存在しない。


椋は伊澤に腕を借りて白峰荘から出ると、山中を下って車を停めた空き地へとやってきた。応援に来た警察車両が増えており、車のライトがつけられたままになっているので、懐中電灯が不要なほどあたりは明るい。

そこには、真崎と紫王に加え、大学生たちも全員揃っている。響いているのは、井原と萌香、それから抑えた三上の泣き声。智久の遺体が発見された事実は、すでに真崎より伝えられていた。

彼らからまだ少し距離があるところで伊澤が立ち止まり、紫王と真崎を呼ぶ。呼びかけに応《こた》えてこの場にいる異能係が全員揃うと、四人は他の者には聞こえないような小声で、短く会話した。

頷きを交わしあった後に大学生たちの元へと移動し、椋はようやく口を開く。

「智久さんの身に何が起きたのか、白峰荘に何があったのか、すべてお話しします」

その声は、張り上げたものではないにもかかわらず、不思議とよく通った。泣き声がやみ、あたりには夜の森のざわめきだけが聞こえるようになる。

椋は伊澤の腕から手を離して杖を強く握り直し、淡々と話しはじめる。

「ミッションを行うために萌香さんが智久さんの元を出発したあと、智久さんはドアのあった突き当たりの部屋に一人で残されることになります。部屋でそのまま待機していた智久さんは、地下にあった隠し通路を抜けてやってきた犯人に誘われ、トランシーバーをその場に置いて、犯人と共に隠し通路へ入ることになります。どのように誘い出されたのかはわかりませんが、友人関係であれば、そう難しいことではないでしょう」

友人関係という単語に、大学生たちのうち何人かが体をビクリと震わせている。椋の言葉は続く。

「隠し通路を歩いていた智久さんは、地下牢に辿り着きます。驚いた智久さんが振り返ったところ、後をついてきた犯人は智久さんの額を瓦礫《がれき》で殴打し殺害。地下牢はちょうど厨房の真下にありました。おそらく地下牢に日々の食事を下ろすためのダクトのようなものがあり、萌香さんの聞いた『人の叫び声らしきもの』とは、殺されたときに智久さんがあげた声が、そこから響いて聞こえたものではないかと」

震える息を漏らし、萌香は口元を両手で覆う。自分の聞いた不審な声が、実際に兄の死に際の声だったという事実を知るのはショッキングなものだ。

そこで三上が言葉を挟む。

「あの、隠し通路とか地下牢が、本当にあそこにあったんですか？　全員であれだけ探しても、何も見つからなかったのに」

「はい。トイレの床が便器ごと外れるようになっていて、その下にある空間から厨房の真下に位置する地下牢へ出ることができるようになっていました。そこからさらに通路が伸び、一階東側突き当たりの部屋の下まで続いています。つまり、トイレから突き当たりの部屋まで地下を通り抜けることができるようになっていたんです」

床が外れるようになっていることは汲《く》み取り式便所としては一般的なつくりだが、そもそも汲《く》み取り式便所など使ったこともない大学生たちにとっては、床を外すなどということは思いつきもしない行為だ。さらに、詳しく調べるには精神的な拒絶感の伴う場所であり、あの場所が見つからなかったのは必然だった。

しかし椋から説明を聞いても、三上の困惑の表情は消えない。

「でも、なぜそんな怪しいものが、元々旅館だった白峰荘にあるんですか？」

「昔、白峰荘を経営していた家族には周囲に存在を隠したい息子がいたんです。俺の推測ですが、おそらく何かしらの精神病を患《わずら》っていたんじゃないでしょうか。地下牢はその息子を監禁するための場所です」

「精神病だからって、どうして子供を地下に監禁することになるんですか」

三上に代わって井原が震える声で問うと、今度は真崎が渋い表情を浮かべ答えた。

「今では考えられないことですが、当時は精神病患者を自宅に監禁することが珍しくない時代だったんでしょうな。血縁者にそういった人がいると、一族まとめて差別を受ける。周囲にはどうしても隠したかったはずです」

その昔、精神病患者を自宅に監禁することは法律で認められた行為であり、『私宅監置』という名目で、多くの患者が極めて悲惨な環境で監禁されていた。

「監禁されていた息子は、逃げるために長い時間をかけて地下牢の壁に穴を掘り、それがトイレの下にあった空間につながって、白峰荘の地下を通り抜けられる隠し通路が完成してしまった、と」

真崎の言葉を受け、椋が今回の事件についての説明を続ける。

「智久さんを殴り殺した犯人は、智久さんを地下に残したまま隠し通路を戻り、トイレに出ます。一階へ行っていたことを気づかれないように三上さんと合流し、あとは畠山さんからの智久さんがいなくなったという連絡を待つだけ。それからは、何食わぬ顔で智久さんの捜索に参加していたんです」

椋が口を閉じると、その場の時が止まったかのように一瞬の間があいた。

福良が乾いた笑い混じりの息を漏らす。

「ちょっと。その言い方だと、まるで僕が犯人みたいじゃないですか」

目隠しをして視覚を塞《ふさ》いだ状態のまま、椋は福良の声がした方へと顔を向けた。

「そのとおりです」

感情を押し殺し、真顔でいる椋の様子を見て、福良は椋が冗談を言っているわけではないことを悟り、顔から笑みを消す。

「待ってください。何を根拠にそんなこと言ってるんですか?」

「隠されていた地下牢で、俺は、智久さんが殺される瞬間に見ていたものを見ました。智久さんを襲ったのは間違いなくあなたです」

椋は淡々と述べるが、福良の顔は次第に青ざめていく。出会ったときからずっと飄々とした態度をとっていた福良が初めて見せる、ひどく取り乱した表情だった。

「いや、おかしいですって。そんなことあるわけない! だって、だって、僕は何もしてません。何も知らない」

福良の声量が大きくなったところで紫王が口を開く。

「今回の事件は、『白峰荘に隠し通路があり、それがトイレと突き当たりの部屋を繋いでいる』ということを知らなければそもそも犯行が不可能です。白峰荘の情報を入手し、今回の肝試しを提案したのは福良さん、あなたです。あなただけが白峰荘に隠し通路があることを知ることが可能だった」

「違う！　たしかに、白峰荘で過去に殺人事件があったことを知って、肝試しに行こうと提案したのは僕だよ。でも、隠し通路があるなんて知らなかった。それに、僕がDDWのオカルトカテゴリにいつもいて、固定アイディーで活動してることは、ここにいるみんな知ってる。DDWは匿名性が売りだから、他人を装って僕に接近して、白峰荘に行くことを誘導してくることだってできたはずなんです。この中で白峰荘の仕掛けのことを知っていて、トリックに使いたかった真犯人が、きっと僕をはめようとして……」

福良が早口で弁明するが、紫王はさらに強い口調でそれを遮る。

「智久さん殺害のときにトイレへ近づくことが可能だった人は多いですが、広斗さんはトイレの中で頭を殴打された状態で発見されました。あのとき、真っ先に一階へ降りたあなたは、広斗さんがトイレの中へ入っていく様子を見て、隠し通路を見つけられてしまうのではないかと危機感を覚えて後を追い、そのまま殴りつけたのでしょう」

「あのときだって僕は何もしてません！　一階に降りたらすぐに西側の奥まで行ってしまったから、トイレの中にだって入ってない」

福良は後退《あとずさ》りするが、その肩に背後から真崎が手を置く。

「ともかく。椋くんが決定的瞬間を見ている以上、君が犯人ということで間違いない。署までご同行願いますよ」

「違う、違う。嘘だ！　霧生さん、僕、アンタのこと本物だって信じてたのに！」

抵抗する様子を見せる福良を真崎がそのまま押さえ込み、耳元に口を寄せると、ごく小さな声で囁く。すると、福良は観念したかのように途端に抵抗をやめた。真崎は駆けつけた他の警察官たちと共に、福良を素早く近くの警察車両に乗せてしまう。

ドアが閉まれば福良の姿は見えなくなったが、仲間の一人が殺人の容疑で逮捕されるかもしれないというショッキングな事態に、大学生たちの中には動揺が広がった。

「う、うそ……お兄ちゃんを殺したのが、楪先輩だったなんて」

一度はおさまっていた涙が再度こぼれ出し、萌香は隣にいた畠山の肩に顔を埋める。畠山もどこか呆然としているが、反射行動のように萌香の背中に腕を回す。そして、おもむろに顔を上げて椋を見た。

「霧生さんは、本当に福良が智久を殺したところを見たんですか？　霧生さんの証言だけで、福良をきちんと逮捕して、罪を償《つぐな》わせることができるんでしょうか」

質問を受けたのは椋だが、二人の間に割り入るようにして紫王が答える。

「僕たちは福良さんが犯人だと確信しています。でも実は……」

「実は？」

「地下の隠し通路が突き当たりの部屋の下まで伸びていることは確認できたんですが、そこからどうやって突き当たりの部屋に入れるのかはまだわかっていないんですよ。そこが今回のトリックの肝なので、通り抜けることが可能だということが実証できれば、福良さんの逮捕は確実になるんじゃないですかね」

「あの。私たちは、これからどうしたらいいんでしょうか」

畠山の返事がある前に井原が言葉を挟んだところで、真崎が戻ってきた。

福良を乗せた車は出発し、山道をくだってすっかり見えなくなってしまう。井原からの質問には真崎が答える。

「今後、署で事情聴取を行わせていただくこともあるかもしれませんが、今日のところは、みなさんもうお帰りいただいてけっこうですよ。我々警察も一度引き上げ、続きの捜査は明日から行いますので。みなさんのことは、ここに来ている者全員で手分けして家まで送っていきます」

真崎からの合図を受け、応援に来ていた警察官が誘導をはじめる。そうして大学生たちは、福良の車で来たときとは違い、警察車両に乗ってこの場を離れることになる。

そうして人が散っていく中で、紫王が椋の横に並んで声をかける。

「椋さん。広斗さんの運ばれた病院に向かってあげてください」

「でも、まだ……」

顔を上げた椋は抑えた声で言い淀《よど》んだ。その肩に紫王が手を乗せる。

「今回の捜査、本当にお疲れ様でした。僕のできることが少なくて、椋さんに全部の負担をかけてしまった。後のことは、僕に任せてください」

肩から伝わってくる紫王の体温に、椋は体から余計な力が抜けていくことを自覚した。精神力だけで抑えていた疲労感が溢れて、危うく膝から崩れ落ちそうになる。

「よろしくお願いします」

肺から深く息を吐き出して短く応《こた》えると、椋は現場を離れ、広斗が搬送された病院へと向かった。

それから約二時間後、紫王は一人、暗闇の中に身を潜《ひそ》めていた。

ここは白峰荘一階の東側。椋が、老婆の殺されるヴィジョンを見た部屋の中だ。紫王は廊下に面する出入り口横の壁に背を預け、畳の上に座り込んでいた。目の前の床には黒く朽ちた布団。真正面を向けば、反対側の壁につけて設置された、汚れきってぼやけた鏡台が目に入る。

普段からあらゆる人の守護霊の存在を感じている紫王は、幽霊などの超常的な存在に恐怖を感じることはない。それでも、空気のこもった曰《いわ》くつきの場所に一人でいると、不気味さを覚えざるを得なかった。

智久の遺体を運び出した警察は、真崎の言っていたとおり、立ち入り禁止のテープだけを入り口に残して引き上げている。深夜の廃墟の中はあまりにも静かだ。

自分の呼吸音がわかるほどの無音が続いていたが、遠くから近づいてくる人の足音を聞き取り、紫王は細心の注意を払ってゆっくりと立ち上がる。背を預けた壁と一体化するようにして深い陰に身を隠しながら、出入り口から廊下の様子を窺う。床に懐中電灯の光が差し、すぐそばを人が横切っていった。

次に廃墟の中に響いたのは、ひどく耳障りな金属の軋《きし》む音。突き当たりの部屋のドアが開かれたのだ。

一拍おき、再度ドアの軋《きし》みがした瞬間に紫王は素早く部屋から出る。そして、ドアが完全に閉まる前に、その隙間に手を差し入れた。ドアを開いた人物はすでに部屋の中に入っている。

隙間から中を窺い、部屋の中にいる侵入者の存在と、その者がしようとしていることを確認した。

紫王の口元に勝利を確信した笑みが浮かぶ。

「はーい、笑ってくださーい」

場違いな程に明るい声を発するとドアを一気に開き、紫王は手にしていたスマートフォンですかさず室内の写真を撮る。

フラッシュに照らし出されたのは、呆気に取られた顔をして振り向き、その手に持った古めかしい大きな鍵を、今まさにとある箇所に差し込んだ畠山の姿だ。

「は……？」

事態をまったく理解できていないように間の抜けた声を出して硬直している畠山を尻目に、紫王は、畠山の持っている鍵をハンカチで包み強引に取り上げた。

「これが文字通り、白峰荘の隠し通路に繋がる仕掛けの鍵だったわけですね」

「えっ……と、紫王さん、ここで何してるんですか？」

「あなたが、自分は智久さんを殺した犯人である、という揺るぎない証拠を手に現場に戻ってくるのを待っていたんですよ。畠山さん」

取り繕うようにぎこちない笑顔を浮かべる畠山に対し、紫王は綺麗な笑顔で嘘偽りない言葉を返す。

「智久を殺した犯人って、それは福良だって話でしたよね？」

「いいえ。福良さんが犯人というのはあなたを誘《おび》き出すための嘘です」

嘘を告白する間も紫王は笑顔だ。

「福良さんには不快な思いをさせてしまいましたが、すでにご説明と謝罪は済ませています。椋さんは智久さんの『断末魔の視覚』、つまり智久さんが最期に見た光景を見たんですが、現場が暗かったせいで、犯人の姿は確認できなかったんですよね。まあ、福良さんを見たという嘘のせいで、畠山さんは椋さんの能力をインチキだとでも思ったんでしょうが。椋さんの能力は本物ですよ。もちろん、僕の能力もね」

「いや待ってくださいよ。霧生さんの能力で犯人の姿が見えなかったんだったら、犯人が俺だなんてわかりませんよね？　白峰荘に肝試しに行こうって言ったのは福良ですよ？　状況からいって完全に福良が犯人でしょう。俺はただ、ここに落としてしまったっぽい物を探しにきただけで、その鍵？　だって、今ここで拾ったんすよ」

早口で弁解を続ける畠山に、紫王は呆れたような表情を浮かべる。

「諦めが悪いですね。その『状況からいって』犯人はあなた以外考えられないんですよ。あなたはミッションの最中にトイレの下から地下通路を通って誘い出した智久さんを殺害し、そのままミッションに戻ると、萌香さんと合流したんだ」

「俺はミッションをしていたときには通過した部屋の写真を撮っていて、それを証拠として提出しています」

「白峰荘内の写真なんて、事前に撮影しておいても変わりはありません。何のアリバイにもなりませんよ」

「でも、あのときは全員一人になる時間があったんですよね？　俺から隠れて移動すれば福良でも犯行は可能だったはずです。福良どころか、井原も三上も、やろうとすればできたはずだ」

「まあ、それはそうですね。でも、広斗さんへの暴行は違う。広斗さんがトイレにある隠し通路への出入り口を見つけてしまうことは、あなたにとっては完全に想定外だったんでしょう。あの突発的な犯行が可能だったのは、一階の捜索をしに行った福良さんと畠山さんの二人だけです」

「だから！ さっきアンタが自分で言ってたように、福良がやったんだろ。なんでそれで、犯人は俺以外考えられないって話になんだよ！」

半《なか》ば叫ぶような畠山の言葉に、紫王はゆっくりと首を振る。

「福良さんに、今回のトリックを使った犯行は不可能なんですよ」

「はあ？ なんでだよ」

「周りの人に気取《けど》られないようにしているそうなので、畠山さんもご存知なかったでしょうが、福良さんは極度の閉所恐怖症なんです。今回の犯行をするには、狭い横穴を中腰で進んでいかなければならない。福良さんはあの道を通れません」

「そんなの、福良本人が適当に言ってるだけだろ」

紫王はふと視線を落とした。福良が閉所恐怖症であるという情報は、福良本人から聞いたものではない。

「この情報をくれたのは、福良さんの守護霊である、彼の双子の弟です。福良さんとその弟さんは、幼い頃にレジャーで訪れた山で見つけた古いトンネルに入り、その崩落に巻き込まれたそうです。福良さんは運良く生き延びることができましたが、一緒にいた弟さんは亡くなってしまった。そのときの経験から、福良さんは絶対に狭いところに入ることができないんですよ」

「それだって、テメェが勝手に言ってるだけだろうが。霊能力者だかなんだかしらねぇが、頭のおかしいやつの証言だけで俺を逮捕できんのかよ！」

いよいよ畠山の言動は荒れ果てるが、紫王はさらににっこりと笑った。

「もちろんできません。だから、これが必要だったんです」

これ、と示して見せるのは、畠山から取り上げた古めかしい鍵だ。

異能係では、外部パートナーである霊能力者を全面的に信用し、その意向に沿う形で捜査を進めていく。

だが、警察全体、もしくは社会的に、異能係の外部パートナーに特別な権限があるわけではない。

椋と紫王がいくら霊能力で決定的なものを見た、聞いたと言ったところで、それは犯人逮捕の材料にはならないのだ。異能を生かして捜査を進めた後には、犯人を特定するに至る、揺るぎない証拠を見つけなければならない。

智久の殺害現場である地下牢にはこれから鑑識が入り更に詳しく調べるが、伊澤は、現場に足跡などを隠したような隠蔽の痕跡を見つけていた。

異能係による捜査がはじまる前にも大学生たちは白峰荘で個別行動をしており、証拠隠滅を図《はか》る時間は十分にあった。そのため、智久の死体が発見されたときに備え、犯人が自分の特定に至るような証拠を残していないことが予想されたのだ。

さらに、紫王が畠山へ事前に説明していたとおり、隠し通路は突き当たりの部屋の真下まで伸びてはいるものの、いまだに通り抜けることができないでいた。結局、この部屋の中からどのように地下へ抜けるのか、最後の仕掛けが解けなかったのだ。

『そこに通路があるとわかっているにもかかわらず、通り抜けることができないということは、最後の仕掛けを解くには、現場にはない何かが必要なんじゃないでしょうか』

椋がそう意見を述べ、紫王は、完全に閉ざされた部屋から隠し通路へ抜ける方法という最後にして最大の謎を解くと同時に、犯人を断定する揺るぎない証拠を見つけるための策を講じた。

それが、椋が先に行った偽の推理披露だ。さらに、福良を逮捕するためには隠し通路を通り抜けられなければならないと伝えた上で現場を無人にして、『何か』を持って来させるように誘導した。

「だから、それはさっきここで拾ったって言ってんだろ」

「警察を含め相当な人数がこれだけ探し尽くした場所で、たまたまあなたの指紋がベッタリついている、隠し通路へ入るための鍵を拾った、と。相当無理があると思いますが、まあそのあたりの判断は、検事さんなり裁判所なりに任せますよ」

そのとき。紫王の言葉を受け、畠山の体に一瞬にして殺気が漲《みなぎ》る。

「っだったら、テメェも消してやるよ！」

畠山が紫王へ詰め寄りかけた瞬間、部屋のドアが開いた。

同時に部屋の中へと飛び込んできたのは伊澤だ。彼女は瞬《また》く間に畠山の両腕を背後で締め上げると、その行動を完全に押さえ込んだ。畠山は一般的な体格の男性であり、伊澤は細身に見える女性だが、性別と体格差をまったく感じさせない見事な身のこなしだった。

「畠山翔。槙野智久の殺害、並びに上林広斗への殺人未遂及び傷害の容疑で逮捕する」

少し遅れて部屋に入ってきた真崎が淡々と口上を述べ、伊澤は畠山の締め上げた腕に手錠をかける。その金属の乾いた音を聞き、畠山の表情に絶望が浮かんだ。

「僕が一人で犯人を待ち構えていたわけがないでしょう。伊澤さんはあなたが車で家を出るところからずっと尾行と監視をしていましたし、あなたが隠し通路に向かう可能性もあったことから、真崎さんはそっちで待機してたんですよ」

紫王が呆れたように息を吐き出す。

「明日からここで本格的な捜査が行われるとなったら、隠し通路に入るための仕掛けを開けるのは、今夜しかできませんからね。あなたが今夜中に動くのはわかっていた。というか、そう誘導したんです」

紫王は伊澤がすぐそばにいること、伊澤が真崎に報告をしていることもわかっていたので、自分の身に危険が迫るかもしれないとはまったく危惧していなかった。

「紫王くん、その鍵で隠し通路への道がどう繋がるのか、一度やってみてくれないか」

真崎が紫王の持っている鍵を見て促《うなが》す。

紫王は頷き、さきほど畠山が立っていた場所に移動した。

目の前にあるのは、鍵穴つきの引き戸がある棚だ。鍵穴はどう見ても棚の引き戸を施錠するためのものにしか見えないが、紫王に証拠写真を撮られた畠山は先ほど、この鍵穴に鍵を差し込んでいた。

紫王はゆっくりと穴に鍵を差し込み、回転させる。すると、確かな手応《てごた》えと共に、ガコンという妙に重々しい音がして、棚全体が微かに震えた。

棚に手をつき、力をかける。すると、重いながらもスムーズに棚が横へ移動していく。棚で塞《ふさ》がれていた場所の床に、人が一人通れる四角い穴が現れる。隠し通路への入り口だ。

鍵穴つきの引き戸がある棚は、それ自体が隠し通路への入り口を塞《ふさ》ぐ扉となっており、鍵を使用することでしか開かない仕掛けになっていたのだった。

3

広斗は静かな病室で目を覚ました。

数回瞬《まばた》きを繰り返し、ここがどこであるかを認識すると共に、気を失うまで、自分が何をしていたのかを思い出す。

視線をめぐらせたところで、自分の寝ているベッドの横にいる椋の姿を見つけた。

椋はベッドの横に置かれた丸椅子に座り、広斗の体の上に顔を伏せるような体勢でいた。

「椋さん？」

寝ているのだろうか、起こしても良いものだろうかと逡巡をしたものの、静かに呼びかける。すると、椋は弾かれたように体を起こし、広斗の方へ顔を向けた。反応からいって、眠っていたわけではないことがわかる。

椋の目元はいつものように目隠しで覆われているが、普段よりもさらに白く見える肌の様子から、広斗には椋の負った精神的なダメージと、深い疲労がすぐに読み取れた。

「ひろと……広斗、気がついたのか、大丈夫か、体でおかしなところはないか」

「はい。少し頭が痛みますが、大丈夫だと思います」

声を頼りに伸ばされる椋の手を取り、広斗はその指先を自分の顔に触れさせた。椋は両手で広斗の顔を包み込み、深くため息を吐き出す。

「よかった。本当によかった……後頭部の怪我の治療と、検査も色々として、特に異常はないってことだったんだが、ぜんぜん目を覚まさねぇから……」

椋の声は震えている。目隠しのせいで涙はこぼれないが、広斗には椋が泣いていることがわかった。自分の生存を確かめるように頬を撫でてくる椋の手に心地よさを覚え、広斗はされるままに任せる。

「本当に、ご心配をおかけしました」

「広斗が死んだら、このまま目を覚まさなかったら、どうしようかと思って……すごく、怖かった」

素直に感情を吐露する椋の様子を見て、広斗は胸が締め付けられるようだった。眉を寄せて浅く息を吐き出し、頬に触れる椋の手に手を重ねる。

「椋さんを置いては死にませんよ。俺のこと、椋さんが見つけてくださったんですか？」

「ああ。広斗がいなくなる前に言っていたことに気づいて。過去の事件で何があったのか、全部見たんだ」

「だから、そんなに疲れた顔をしているんですね」

なんでもないと示すように椋はゆっくりと首を振る。

ようやく気持ちが落ち着いてくると、椋は警察署にいる宇城に電話をかけて、広斗が目覚めた旨を伝えた。椋のスマートフォンには、広斗とその兄の結斗、そして異能係のメンバー全員の電話番号が登録されている。

直接真崎に電話をしないのは、真崎が今、真犯人逮捕のために最後の策を講じていることを知っているからだ。宇城に話しておけば、真崎の都合が良いタイミングで話を伝えておいてくれる。

通話を終えると、椋はベッドサイドの丸椅子に改めて座り直した。

「実は、前に広斗が教えてくれた、広斗のお祖母さんの話を思い出した」

会話を再開する椋の言葉に、広斗はふっと短く笑う息を漏らす。

「あの便槽の中にあった横穴ってやっぱりそういうことですよね？　まさか、あの古い家の知識がこんなところで役立つとは思いませんでした」

古い家というのは、椋も広斗と出会ったときに滞在させてもらっていた上林家のことだ。適宜リフォームを繰り返しているために住むのに不自由はないが、築年数は軽く百年を超えている。

広斗が生まれたときからすでに使われてはいなかったが、あの家の裏には古い汲《く》み取り式のトイレがあった。

その離れを取り壊す工事をすることになったときに、広斗の祖母が自分の体験談を笑い話として話してくれたのだ。祖母は幼い頃に便器の穴から便槽に落ちてしまい、親に助け出されたがひどい有様になってしまった、というものだ。

そしてそのエピソードを、広斗も椋へ話していた。

「椋さんの見た、過去の事件の犯人の姿の話を聞いて、泥だらけっていうのが妙に気になって……考えているうちにもしかしたらと思ったんです。本当にちょっと思っただけで確証はなかったんで、言えなかったんですけど。事件現場で単独行動する前に、ちゃんと話すべきでした。あのときの俺、あまりにも子供っぽかったですよね」

シーツの上へ視線を落とす広斗に、椋は首を振る。

「俺こそ、広斗の言うことをちゃんと聞けばよかった。それと真崎さんが、容疑者たちに自由行動を許してしまった自分の責任だと、謝っていたよ。真崎さんたちは、たぶん見舞いには来られないが」

「俺が甘かっただけで、真崎さんのせいじゃないですよ。それに、見舞い……というか、俺としてはもう帰っても良いかと思っているんですが。真崎さんたちは今どこに？」

「いや、殴られたのが頭だったからな。今夜はこのまま入院することになっているが、明日の朝診察してもらって、問題がなかったら帰れる。真崎さんたちは今、現場に残って、戻ってくるだろう犯人の逮捕をしている」

広斗は顔をあげると、改めて椋の顔を見た。

「犯人は誰だったのか、俺がいない間に何があったのか、お聞きしてもいいですか？　椋さんが辛くない範囲で構わないので」

「広斗は、自分を襲った犯人の顔も見なかったんだな？」

「トイレの床を外して、便槽に横穴があいていることに気づいて、確認のために下に降りようとしたくらいのところから意識がありません」

「なるほど。犯人は広斗がトイレに入っていくところを見かけて追いかけ、そのまま気づかれないように見張り、広斗が隠し通路を見つけたところで背後から襲った、という感じか。広斗の姿を見かけたのが犯人だけだったことが一番の不運だったな」

ため息を漏らした椋はそれから、広斗がいない間に行った捜査と、たどり着いた真実についてすべてを話した。

話を聞いている間も、すべてを聞き終わった後も、広斗はしばらく沈黙を続けていた。それから、覚悟を決めたように勢いよく顔を上げる。

「昨日の話ですが。椋さんが俺に、助手にならないかって聞いてくださったじゃないですか。かなり本気で悩んではいたんですが、あれ、やっぱりやめようと思います」

急に変わった話の内容とその決断に、椋は驚きながらも納得して頷く。

「そう……だよな。真崎さんたちが一緒について、安全に捜査を行えるようにしてくれているが、殺人事件の現場に行くんだから、今日のように危険なこともある。絶対に安全だとは言えない。こうして実際に怪我までしてしまったら、もうついてきたくはないのが、普通だと思う」

広斗の決断に理解を示すように話しながらも、少しずつ椋の声のトーンが下がる。もともと広斗のしたいようにして欲しいと願っていたことではあるが、助手になることを断られるとは、あまり考えていなかったせいだ。

だが、広斗は椋の言葉を勢いよく否定する。

「そうじゃないんです。たしかに、事件の捜査は危険なこともあると思いますし、そもそも椋さんの負担が大きすぎると思っているのは変わっていません。だから、椋さんが異能係の外部パートナーをやめてくださったら俺は嬉しいと思うんですが」

広斗は真剣な様子でそこまで言うと、ふわりと表情を緩める。

「でも、捜査に参加して、被害者やその遺族の方のために能力を使うことが、椋さんにとって大事なことになっていることもわかってるんです」

椋が異能係の外部パートナーになったのは、真崎にかなり強引な形で引っ張り出されたからだ。しかし今では、椋自身の意思で捜査に加わっている。

「亡くなってしまった方が伝えたかったことを受け取って、他の誰にもできないことをしている椋さんは、本当にすごいと俺は思います。それに、ずっと椋さんの側にいたいのも、できればすべての捜査について行きたいのも、変わっていません」

広斗はそこで一度言葉を切り、大きく息を吸う。

「だからといって、もし俺が正式に椋さんの助手になってしまったら。椋さんが異能係の外部パートナーを辞めたいと思ったときに、俺のことをどうしようって、懸念が一つ増えてしまうでしょう？　それだけは絶対に嫌なんです」

声に滲む広斗の切実な想いを、椋はしっかりと聞き取った。広斗の言葉は続く。

「椋さんがいつか捜査を辞めたいと思ったときに、迷わず行動できるような環境を整えておきたいんです。だから、椋さんといられる時間は少なくなってしまうかもしれないけど。俺は今の会社で頑張って働いて、しっかりお金を稼ごうと思います」

「結局、俺のことばっかり考えてないか？　広斗は広斗のしたいことを優先していいんだぞ。もちろん、それが俺の助手になるってことじゃなくてもいいんだが」

昨日の夜に話したことが意識に残っていた椋は、困ったように眉を下げて言った。

就職して、会社の中で忙しく働いている間に、広斗は自分のやりたかったことがわからなくなったという話をしていた。唯一思いついた『やりたいこと』が、椋のそばにいることだという。椋の助手になるにせよ、椋に縛られずに自分のための時間をつくって新たにやりたいことを見つけるにせよ、椋は、広斗のしたいようにさせてやりたいと考えていた。

広斗は気恥《きは》ずかしそうに頬のあたりを掻く。

「昨日は少し疲れていて、甘えたことを言ったなと思います。やりたいことだけをやって生活している人なんて、本当に少ないんだと思うんですよ。それに、そうなることだけが正解ってわけじゃない」

やりたいことだけをやって生きていく。つまり、一番好きなことや趣味を仕事にして、他のことはせずに生きていく状態だ。それは理想的な生き方のように見えて、万人が目指すべきものでもない。なぜなら、仕事は人生のすべてではないからだ。

「それに、椋さんとずっと一緒にいたいっていうことだけを優先して、俺が仕事として正式な助手になったら、伊澤さんがやっていたことを、俺がやる必要が出てくるときがあるはずなんです。だけど、それは嫌だと思いました」

広斗が言っている『伊澤がやっていたこと』というのは、椋が衝撃的なヴィジョンを見てショックを受けていても、能力の再行使を要求していたことを示している。広斗が伊澤と揉めた原因だ。

真面目な伊澤のことを思い、椋は小さく笑った。

「広斗のやり方とは違うが、伊澤さんは伊澤さんのやり方で、俺のことをサポートしてくれているんだぞ」

「はい。今日一緒に行動していて、伊澤さんって仕事ができる人だなってことはよくわかりました。だからこそ『仕事として』の助手の理想型が、きっと伊澤さんのような動き方なんだろうなって感じたんです。だけど、俺はどんなときでも、捜査よりも椋さんのことを最優先にできる立場でいたい」

広斗はそこで一呼吸置いた。そして、優しい望みを口にする。

「無責任な言い方かもしれませんけど、俺はこれからもずっと、椋さんの同居人でいたいんです」

広斗が大学生から社会人になったように、望もうが望むまいが時間は流れる。だが、変わらないものがあってもいい。

いつでも変わらずにそこにあるものは、間違いなく心の拠《よ》り所になる。

ここ数時間、あらゆる限界を超えて活動を続けていた椋は、この瞬間に、本当の意味で張り詰めていた緊張が解《ほぐ》れたのを感じた。

「ありがとう、広斗」

吐息混じりに椋が呟くと、広斗は笑い声を漏らす。

「椋さんに感謝されることなんて何もありませんよ。ただ、俺のしたいことがわかったって話をさせていただいただけですから。俺の方こそ、色々相談に乗っていただいて、ありがとうございました」

深夜の病院、それも個室となると静かそのものだ。会話が途切れると、壁にかけられた時計の秒針が進む、微かな音だけが響く。

「椋さん？」

あまりにも返事が遅いことを不審に思い広斗が呼びかけたとき、椋の体がぐらりと揺らぎ、そのまま前のめりに倒れ込んだ。幸い、椋の目の前には広斗が横になっているベッドがあり、床への転倒による怪我は免《まぬが》れている。

「椋さん！」

広斗は慌ててベッドから飛び起きると、ベッドと椅子の間へさらにずり落ちそうになっている椋の体を抱き起こす。端整な顔にかかったサラサラの黒髪を指先でよけて様子を見ると、椋は穏やかな寝息を立てていることがわかった。

苦しげな様子もなく、安定した呼吸をしていることに安堵はしたが、寝入ってしまったというよりも気絶に近い。広斗は椋を腕に抱えたまま手を伸ばすと、ヘッドボードの上についているナースコールのボタンを押す。

結局、椋も新たにベッドと部屋を用意してもらい、広斗と椋は二人揃ってそのまま一晩入院することになったのだった。

4

翌日。診察を無事に終えて昼過ぎに退院を済ませた広斗と椋は、真崎に迎えにきてもらい一度帰宅した後、紫王と夕方に会う約束を取り付けた。

繁華街の中にある真新しい雑居ビルの五階までエレベーターで上がっていくと、目の前のドアには『紫王霊能事務所』という表札が出ている。一般的な感覚からすると胡散臭い名称だが、シンプルなシルバーのプレートに細身の文字が刻まれたお洒落な雰囲気は、隠れ家的なヘアサロンのようである。

ドアの横に設置された呼び鈴を押すと、しばらくして内側からドアが開かれる。

「お待ちしておりました。椋さん、広斗さん、どうぞ中へ」

姿を現した紫王は、いつもどおりの笑顔だ。

招き入れられて入った室内も、霊能事務所というイメージからはかけ離れている。無機質なコンクリート打ちっぱなしの壁に、センスの良さが滲み出ているモダンなインテリアが映える。

「お邪魔します。なんか、すごい格好いいところですよ、椋さん」

目隠しをしている椋に、広斗は短く事務所の様子を伝える。

今までプライベートな付き合いはなかったので、椋も広斗も、紫王の霊能事務所を訪れるのは今回が初めてだ。

「紫王さんらしい」

広斗から話を聞き、椋は頷きを一つ。二人の会話に紫王の笑みが一層深まった。

「インテリアが好きでこだわっているので、そう言っていただけると嬉しいです。しかし、広斗さんがお元気そうでよかったですよ。怪我の具合はどうですか？」

紫王の視線は、自然と広斗の頭に巻かれている包帯に向く。

「ご心配をおかけしました。出血は多かったみたいなんですけど、そこまで酷い傷ではないですよ。一週間程度で抜糸もできるそうです」

「記憶とかも大丈夫ですか？　よく、頭を強打すると記憶喪失になるとか言うじゃないですか。僕のことわかります？」

「大丈夫ですよ、紫王さん」

広斗があえて名前を呼ぶと、紫王は満足そうに頷いた。洒落にならない話だが、今のは紫王なりのジョークだ。

室内へと促《うなが》された広斗は、椋と共に黒い革張りのソファに腰を下ろす。ソファは長方体のシルエットをしており、デザイン性だけを優先したもののように見えて、座り心地もたいへん良い。

「椋さんも倒れて、昨晩は入院されたとお聞きしましたが」

「俺は本当に、気が抜けてしまって」

紫王に指摘され、椋は恥ずかしそうに口ごもる。

「椋さんの回復も早くてよかったですよ。限界を超えて能力の使用頻度を高めるというのは、かなり無茶なことでしたから。その後、能力の制御ができるようになったか試してみましたか？」

「朝、病院で一度目隠しを外してみたんですが、いつもと変わらず、という感じでした」

「なるほど、そう上手くはいきませんでしたか。ただ、火事場の馬鹿力であろうがなんだろうが、白峰荘では椋さんが見たいと思ったものが、そのタイミングで見られたことは間違いありません。今後、能力が制御できるようになる可能性も十分あると思いますよ」

その場を一度離れた紫王はトレーにアイスコーヒーの入ったグラスを三つ載せて運んできて、ソファ前のローテーブルに置いた。そのまま、椋と向かい合う形でもう一つのソファに腰掛ける。

「さて、まずは何から済ませましょうか」

そう言って一息つき、ゆっくりと足を組む紫王に、椋が問いかける。

「俺の用件の前に、紫王さんが電話でおっしゃっていた『犯人逮捕のあとにわかったこと』というのを聞かせていただけませんか」

畠山を無事に逮捕できた、という話は、退院するときに迎えにきた真崎からすでに聞いている。ただ、椋が紫王にアポイントメントを取るために電話をしたときに、紫王からも話があると言われていたのだ。

「ではそちらから話しましょう。『突き当たりの部屋にあった棚が隠し通路へ繋がる扉で、解錠すると棚が動く仕組みになっていた』という話は、真崎さんからもう聞きましたかね？」

問いかけられ、椋は頷く。

「それはよかった。畠山さんの守護霊はそれまで一言も話そうとしなかったんですが、その隠し通路への出入り口が開いたら、堰き止められていた水が溢れ出すみたいに、急に色々と話しはじめたんですよ。よっぽど我慢していたんでしょうね。感情が昂《たかぶ》っていて話がまとまっていなかったので、実は今日も朝から警察署で畠山さんの守護霊から話を聞いてきたんです」

「連日お疲れ様でした」

椋が労《ねぎら》いの言葉を述べると、紫王は表情を緩める。

「『お疲れ』具合は椋さんほどじゃないですよ。その聞いた話の中で、共有しておいた方が良いかなと思ったことをまとめてお話しします。今回の事件について、椋さんもまだ色々と引っかかっていることがあると思うので。あ、コーヒーよければ飲んでくださいね、僕お手製の水出しコーヒーなので」

椋と広斗に勧めてから自分もグラスを手に取りコーヒーを一口飲むと、紫王は説明をはじめる。

「まず、畠山さんと白峰荘との関係です。畠山さんがどうやって白峰荘のことを知ったのか。どうして隠し通路へ繋がる扉を開く鍵を持っていたのか」

ずっと疑問に感じていた話が出てくると、椋は姿勢を正した。

大学生たちが肝試しを行う場所として隠し通路のある白峰荘を選んだのは、福良が行きたいと言い出したからだ。

畠山が自ら場所の候補をあげなかった理由は、それによって自分が疑われることを避けたかったから。

福良に白峰荘のことを吹き込むには、偽の逮捕をされそうになったときに福良本人が言っていたように、ＤＤＷを使い、正体を隠してコンタクトを取れば良いだけの話だ。

しかしそのためには、そもそも福良も知らなかった隠し通路のことまでを含めて、白峰荘のすべてを畠山が知っている必要がある。

「理由は簡単で、畠山さんの守護霊……つまり、彼の曽祖母が、白峰荘の経営をしていた武田《たけだ》家の末娘だったんです」

紫王から告げられた事実に、椋は首を傾《かし》げる。

「白峰荘を経営していた一家は全員殺されたのでは？　現場に行く前に警察のデータベースに残っていた話をしてくださった伊澤さんもそう言ってましたし、見えたヴィジョンの中にも、そんな女性の姿はどこにもありませんでしたが」

「畠山さんの守護霊は清子《きよこ》さんとおっしゃるんですが、九十年前の事件があった日は、清子さんが武田家から畠山家に嫁ぐ前の、実家で過ごす最後の夜でした」

紫王の語り口は淡々としていて、原稿を読み上げているナレーターのようだ。努めて感情移入しないようにしていることが窺えた。

「眠りにつく前、清子さんは地下牢にいた、実の兄である武田正太《しょうた》にも別れの挨拶をしたそうです。捜査の中で我々が予想していたとおり、正太さんは重い精神病を患《わずら》っていました。ただ、正太さんは自分にひどい仕打ちをする家族にも強い愛情と執着を示していた。もしかしたら、妹である清子さんが家を離れることが、凶行に及ぶ引き金になった可能性もあります」

「清子さんは事件のとき、白峰荘にいたんですか？」

「はい。普段は突き当たりの部屋で女将と一緒に布団を並べて寝ていたそうですが、最後だからということで両親の心配りがあり、その晩だけは白峰荘の中で一番良い客室、一階西側の突き当たりの部屋で寝たそうです。そのため、事件に巻き込まれることがなかった」

一階西側の特別室は、Bグループが肝試しミッションの出発地点としていた部屋だ。

「清子さんは遠くから微かに聞こえた物音を不審に思って夜中に起き出し、トイレの前で死体を発見。そのまま居住スペースへ向かい、正太さんが自殺をし、すべてが終わった後の惨状を目撃したそうです」

どことなく自分の体験に似たところのある経緯を聞いて椋が黙り込むと、それまでコーヒーを飲みながら黙って話を聞いていた広斗は小さく唸《うな》った。

「清子さんにとっては何よりも辛かったでしょうね」

「しかし、状況を理解した清子さんは、悲しむより前に身を守ることにしたんです」

「身を守ると言っても、犯人はすでに自殺した後だったんですよね？」

「物理的にではなく、社会的な防衛術ですよ。犯人である正太さんが武田家の長男であることが露見しないよう、正太さんが出てきたトイレの床を戻して隠し通路を隠蔽し、奥の部屋から隠し通路へ入るための鍵を持ち去った。さらに、嫁ぎ先である畠山家の人間として振る舞うことで武田家との縁を完全に切ったんです。そのため、警察に記録された第一発見者は、ただの宿泊客ということになっていました」

「どうしてそんなことを？」

広斗が続けて質問をした。

「実は昨日、捜査の途中で真崎さんも言っていたんですが、当時は身内に精神病患者がいるということが広まってしまうと、縁談などに大きな支障があったそうです。そのため、清子さんはこれからはじまるはずの自分の人生を考え、すべての事実を闇に葬ることにした、と」

深く息を吐き出してから、今度は椋が落ち着いた声で問いかける。

「でも……清子さんは闇に葬ったはずのその話を、どこかのタイミングで、曽孫である畠山翔にしたんですね？」

「はい。清子さんが白峰荘の話をしたのは、畠山さんが十六歳になったときだそうです。清子さんが畠山家に嫁いだ、事件があったのも彼女が十六歳のときであり、畠山さんと清子さんは家族の中でも特別仲が良かったことから、つい話してしまったと言っていました。当時の清子さんはかなりのご高齢で体調を崩しており、自分の死を身近に感じている中で、家族を捨てた懺悔のような気持ちもあったんでしょうね」

「畠山翔は、それで白峰荘の秘密を知ったんですね」

「これは警察署で畠山さん本人に聞いたことですが、隠し通路の鍵は、清子さんの遺品整理をしているときに見つけたそうです。家族の中でも清子さんから白峰荘の話を聞いていたのは畠山さんだけであり、使い道の知られていない鍵を手に入れることは難しくなかったと話していました。智久さんを消し去りたいと思っていたときに手に入った、自分だけが知る鍵と曰《いわ》く付きの場所ということになる」

「そもそも、畠山さんが智久さんを殺害した動機って何だったんですか？　兄妹《きょうだい》である萌香さんを除《のぞ》いたら、二人は彼らの中で一番付き合いが長かったんですよね？」

「どんな動機だろうが、同情の余地はないがな。そもそも、きっと動機も身勝手なものだろう」

　紫王の話を聞き終えて広斗が質問すると、椋は冷めた声で言う。

　広斗は、隠し通路の入り口を見つけてしまったために襲われた。畠山が広斗個人に恨みを抱いていたわけではないのだが、畠山が広斗に危害を加えたことに変わりはない。頭部を殴りつけるという手法は智久の殺害方法と同じで、間違いなく命の危険があった。

運良く広斗は負傷だけで済んだわけだが、少なくとも畠山は広斗を殺すつもりで襲った。また、発見までに時間がかかっていたら、頭部からの出血多量で死んでいた可能性も大いにある。広斗を傷つけられた椋の畠山への感情は、異能係が扱ってきた他の事件の犯人に対するものとは明らかに異なっていた。

椋の様子を見て目を細めながら、紫王が答える。

「萌香さんを溺愛していた智久さんは、萌香さんと畠山さんが付き合っていることを快く思っておらず、あの手この手で二人を別れさせようとしていたそうです。萌香さんのことを本気で愛していた畠山さんは、萌香さんと引き離されることを恐れた。そこで、智久さんが行方不明になれば万事うまく収まるのではないかと考え、今回の白峰荘のトリックを使った殺人の計画を立てたそうです」

広斗は眉間に皺を寄せた。

「友人と妹が付き合うことを嫌がる、というのはなんとなく理解できる。でも、殺人に発展するほどの激しい妨害にあったりするんでしょうか？　しかも、萌香さん本人の様子からいって、智久さんが二人を別れさせようとしていたことを、萌香さんは知らないんですよね？」

「智久さんの萌香さんへの溺愛ぶりは、もはや兄妹《きょうだい》愛というものを超えていたそうです。智久さんは萌香さんを一人の女として、畠山さんから奪おうとしていた……と、ここまでは畠山さん本人の言い分です」

「つまり、他の方の言い分もあるということですか？」

広斗が確認すると、紫王はゆっくりと頷いてから、ひどく話しにくそうに言葉を選びながら話を続ける。

「ここからは清子さんから聞いた話です。畠山さんは、高校生のときに自分に好意を寄せていた女性を妊娠させ、産むと言っていた彼女の腹を蹴って強制的に堕胎させた経験があるのだそうです。女性の方が自主退学し、事態を内密に済ませようとした関係であまり大ごとにはならなかったそうですが、当時から畠山さんと親しかった智久さんはそのことを知っていた」

広斗はぎこちなく頷いた。

「なる、ほど。大目に見て友人としてはやっていけても、大切な妹を任せることは絶対にできない相手だった、って感じですね」

「智久さんは畠山さんに、『妹と別れなければ、お前が過去にしてきたことを公《おおやけ》にする』と迫っていたそうです。先に萌香さんに言ってしまわなかったのは、畠山さんに恋する萌香さんの心情を守りたかったのか、萌香さんに言っても彼女の恋心は薄れないと思ったのか、仮にも友人としての情けだったのか」

様々な可能性をあげながら、どこか困った様子で紫王は頭をかく。

「智久さんは萌香さんの守護霊になりましたから、葬儀が終わって、きちんと僕と意思疎通ができるようになったら、詳しく智久さん側からの話も聞けるかもしれません。ただ事件の捜査としては、そこまでする必要はないですかね」

そこまで話し終えた紫王が改めてコーヒーの入ったグラスに口をつけると、椋は俯《うつむ》いたまま静かに呟く。

「妹の恋人である友人に殺され、死してなお萌香さんのことを守ろうとしている智久さんの気持ちを思うと、不憫でならない」


それから三人は情報共有を続け、少しの時間が経った。

今回の事件の話がすべて終われば、椋の用事を済ませる番だ。

「姉ちゃんに、話を聞いてみてほしいんです」

電話でも予《あらかじ》め伝えていた要件を改めて椋が口にすると、紫王は自然と背筋を伸ばした。椋の言う『姉ちゃん』とは、椋の守護霊になっている霧生梓のことだ。

「以前、僕が椋さんの守護霊から話を聞きましょうかとお尋ねしたとき、椋さんは拒絶反応を示していましたよね。どうして気持ちが変わったのか、お聞きしてもいいですか?」

紫王からの質問に椋は頷く。軽く唇を舐めてから、口を開いた。

「きっかけは、福良さんの言葉です」

それから、捜査中に福良から言われたことのすべてを話す。

姉を恨んでいないかと聞かれたこと。犯人の合窪敏樹は姉に電車内で痴漢をし、その犯行時の映像をネタに姉から強請《ゆす》りを受けていたという、思ってもみなかったことを言われたこと。

「椋さんは、福良さんの言葉を信じているんですか？」

椋はすぐに首を横に振る。

「たとえ相手がクソみたいな痴漢野郎だったとしても、姉ちゃんは強請《ゆす》りなんてことをする人じゃなかった。俺はそう確信しています。でも、紫王さんが前に教えてくれたでしょう？　姉ちゃんが俺に『ごめんなさい』って言ってたって」

「はい。緑青館での捜査のときですね」

紫王は常に対面している人間の守護霊を感じ続けているが、捜査のとき以外は、本人の許可や依頼がなければ、守護霊とは会話をしないようにしていた。物心ついたときから特殊能力を持っていた紫王なりの処世術であり、紫王本人の心の平穏と身の安全を守るための術《すべ》でもある。

しかし、紫王がアプローチをしなくても、守護霊の方から勝手に話しかけてくる例外も存在する。

椋の守護霊である梓がそうだった。

「姉ちゃんが俺に伝えたいことがあるなら、聞かないといけないんじゃないかって思ったんです。聞かずに逃げていること自体が、姉ちゃんを信じていないことの表れのような気がして。それに……」

片手を額に当て、椋は小さく笑う。

「福良さんの言葉を聞いて、揺さぶられてしまったのも事実なんですよ。嘘に決まっている、無視すればいいって思いながらも、気にしてしまう。そんなことだったら、姉ちゃん本人の言葉を聞きたいって思ったんです」

紫王へ顔を向ける椋は目隠しをしたままであり、その黒曜石のような瞳は隠されている。しかし紫王は不思議と、椋から強い眼差しを向けられたような気がした。

「姉ちゃんはこの世にいない。本人からのメッセージなんて、本来だったら絶対に聞けるわけがないんです。でも俺の側には、それを可能にしてくれる紫王さんがいてくれる。奇跡みたいなことだと思います」

言葉を聞いて、紫王は妙な気恥《きは》ずかしさを覚える。

広斗が椋へ向ける執着や傾倒は側から見れば奇異なほどだが、最近、紫王にも広斗の気持ちが、少しわかるようになってきていた。

一見愛想がなくクールな印象の椋だが、実際には驚くほど素直だ。不器用なところがありお世辞は言えないが、逆に言えば発言に信憑性がある。その上で、思ったことは言葉を惜しまず人に伝えて褒める傾向がある。効力を発揮するには少し時間がかかるが、『椋は天然の人たらしである』というのが、椋を見てきた紫王が抱いた感想だ。

「姉ちゃんの言葉を、逃げずに聞く覚悟を決めてきました。お願いできますか？」

再度椋に言葉を重ねられ、紫王は微笑んだ。

「椋さんの美声でそんなこと言われると、たまりませんね。録音して毎朝目覚めに聞きたいくらいですよ。もちろんやらせていただきます」

己の抱いた覚悟に対して挟まれた軽口に、椋も一言返そうと口を開く。だが、結局その椋の口から言葉が発せられることはなかった。

対面している紫王の纏《まと》う雰囲気が変わったことを、気配から感じ取ったのだ。

紫王には、椋の背後にいる女性の姿が見えていた。

椋との血の繋がりを感じる、透明感のある美人だ。背中の中ほどまでを覆うストレートの黒髪に白い肌を持ち、純和風でありながら端整な顔立ちをしている。

守護霊であり、すでに亡くなっているからという背景もあるが、花に例えるならば月下美人といった雰囲気で、若く美しいがどこか陰があり、それもまた魅力になっているような人だった。

もっとも、紫王の能力は生まれつき備わっていたもののため、椋の能力のように、実際の視覚で姿を見ているという感覚ではない。鯨のエコーロケーションや蛇のピット器官のように、専用の感受器を持つものにしかわからない、第六感としか呼べない感覚で超常のものを捉《とら》えていた。

『今の椋さんの言葉を、聞いていましたね？』

紫王が声なく問いかけると、守護霊の女性――梓は微笑みながら頷いた。その表情は切なく、紫王まで胸が締め付けられるようだった。

『以前、椋さんにごめんなさいと謝っていましたよね。それ以外に椋さんに話したいことがあれば、お伝えしますよ』

梓は黙ったまま、悩むように首を傾《かし》げる。

『どうかしたんですか？　椋さんに、伝えたいことがあったのでは？』

『……ただ、椋に謝りたかっただけなの。だけどそれすら、この子の心を乱してしまった。できることなら、もう私のことも過去も忘れて、幸せになって欲しい』

紫王が言葉を重ねると、梓はようやくそう話した。

『あなたも、椋さんがあなたの言葉を受け止める覚悟ができたことは、わかっているでしょう？　今までの椋さんは、できるだけ自分の負った傷を見ないようにしていた。でも過去を知ることで、前を向けるようになることもある。今がそのタイミングなんだと思います』

紫王の言葉を聞きながら梓は目の前の椋をじっと見つめ、幼い子供にするように、椋の頭を優しく撫でる。当然、その手の動きは現実に干渉するものではなく、椋の髪が乱れたり動いたりすることはない。

『言い訳をしたいわけじゃないの』

『真実を話すことが、言い訳になることと同義ではないと思いますよ』

『私はこの子から両親を、平穏を……当たり前にあったはずの未来を奪ってしまった。私がいなければ……そう、私が、いなければ、全部私のせい。全部、全部、私のせい。全部、全部……私のせい……全部……』

同じ言葉を繰り返しはじめた梓の様子に、紫王は意識を引き締める。

守護霊とは、死んだ人間の魂が、生きている人間のエネルギーを依代にして、紫王が感知できるだけの存在をかろうじて保っているようなものだ。

元になった人間の記憶や性格など、あらゆるものを引き継いでいる。かといって、生前そのままの本人であるかというと難しいところだと、紫王は思っていた。

ある程度、性格や言動が変化することもあるし、世間一般の感覚でいう幽霊っぽい振る舞いをすることもある。だからこそ、捜査でも信頼のおける情報を引き出すには時間がかかる。

『それを判断するのは、あなたではなく椋さんですよ。福良さんが語った、あなたにとって非常に不名誉な噂を被るのも、あなたは仕方がないと思っているかもしれない。けれど、椋さんは傷ついた。だから真実を知りたいと、僕を頼ってきてくださったんです。とにかく、話してみてくださいませんか』

梓の意識を現世に引き戻すように、はっきりとした言葉を投げかけると、彼女の眼差しが紫王を捉《とら》えた。

一拍の間があり、梓が頷く。その仕草がひどく椋に似ていると、紫王は思った。

『私の言葉を、そのまま伝えてくれる？』

『もちろんです』

即答すると、梓は柔らかく微笑んだ。

「こんな話、本当は聞かせたくないのだけれど。私の日常の中で、ちょっとした痴漢に遭うっていうのは、そう珍しくないことだったの」

しばらく黙っていた紫王が突然話しはじめ、椋は驚いた。椋の横で、椋と紫王のやりとりを見守っていただけの広斗も、驚きを抑えきれずにビクッと体を震わせる。

声色を変えているわけでもなく、間違いなく紫王の男としての声なのだが、椋には、発言の主が梓であることがわかった。紫王は話し続ける。

「いつからか、あの男に狙われるようになった。すごく辛かったけど、私にはどうしようもできなくて。友達に相談したら、絶対に助けるって言ってくれたの。それで、私が触られているところを友達が撮影して、証拠を残してくれた」

生前に姉が痴漢被害に苦しんでいたことを知り、椋は胸が苦しくなった。当時高校生だった椋は、そんな姉の悩みをまったく知らなかった。

「私が警察に行くのを嫌がったから、友達は私と一緒に、あの男に痴漢をやめるように言ってくれたの。証拠があるから、次にやったら警察に行くって。それから、あの男の姿は見なくなった。すべてが解決したって、そう思ってた」

紫王の言葉が詰まり、椋も自然と呼吸を止めていた。椋の脳裏に、家族が惨殺されたときの家の中の光景が蘇る。

「……警察に、行けばよかった。私がもっと注意していればよかった。私がいなければ、あの男が家に来ることなんてなかった。きっと、あの男は私の後をつけてきたんだ。お父さんも、お母さんも、椋も、何も知らない。私だけが、どうにかできたのに。二人を助けられなかった。ごめんなさい。全部、全部、私のせい。全部……」

そこで、やや不自然に声が途切れる。紫王は大きく息を吐き出すと、改めて視線を前へと向けた。

「以上が、梓さんの言葉です」

椋はやや俯《うつむ》き、胸の中で荒ぶる感情を必死で抑え込んだ。
警察の捜査でも、『霧生家惨殺事件』の犯人は、勤めていた会社が家に近いという
だけの存在で、家族とは何も接点がない行きずりの犯行だったと結論づけられていた。
しかし実際のところは、梓と犯人の間に関係値があったのだ。ただし、犯人と接点を
持ったきっかけに関しても、姉にはいっさいの非がない。
椋は、これから発する声が震えないように、腹の奥に力を入れる。
「ありがとうございました。姉ちゃんから話を聞けて、やっぱり俺は、ほっとしたん
だと思います」
感謝の言葉を述べながら紫王に向けて頭を下げて、椋はその姿勢のままで、いつも
よりも低く声を絞り出す。
「やっぱり……どんなことを聞いても、俺が姉ちゃんを恨むなんてことは絶対にあり
え、ない……」
椋の声が一度詰まった。
広斗は手を伸ばすと、顔を伏せた状態のままでいる椋の背中をそっと撫でる。手つ
きはどこまでも優しいが、表情には隠しきれない怒りの感情が浮かんでいた。
広斗の手に励まされるように、椋が再度話しはじめる。
「姉ちゃん、聞いてる？　姉ちゃんが悪いことなんて、何一つないよ。ただ、俺も姉

ちゃんが悩んでることに、気づければよかった。あのとき少しでも、俺にできることがあればよかったのに」

椋は以前紫王から、守護霊についての話を聞いていた。守護霊は現実の世界の物事を見聞きしており、特に守護霊としてついている人間の言動や感情には敏感だという。今のは、自分のそばにいるであろう梓に向けての言葉だった。

紫王は梓の返事を伝えるのではなく、紫王本人として話す。

「さっき、梓さんは椋さんへ話をすることをためらっていました。その理由は、椋さんに自分のことも過去のことも忘れて幸せになって欲しいから、というものでした。今、椋さんが口にした後悔は、綺麗さっぱり忘れてしまった方がいいと思いますよ」

椋は顔を上げると、ゆっくりと息を吐き出す。

「……そうですね」

「そうですとも」

声を被せる勢いで、素早く力強く紫王に言葉を繰り返され、椋は小さく笑う。

椋自身、当時の高校生だった自分に、できることはなかったとわかっているのだ。ただ、どうしても考えてしまうだけだ。

後悔とは、水中の気泡のように、どうやったってのぼってきてしまうものだ。

「本当に、ありがとうございました」

「少しでも椋さんのお力になれたのなら、よかったですよ。僕も真実を知れてスッキリしました」

椋の笑顔を見ると、紫王は穏やかに微笑む。広斗の表情もようやく和《やわ》らいだ。

「それじゃあ、そろそろ帰ります。広斗、俺の財布から紫王さんにカウンセリング料の支払いをしてくれるか」

「わかりました。すみません、おいくらになるんでしょうか」

椋の言葉を受けて広斗が財布を出すが、紫王は軽く手を振る。

「僕と椋さんの仲じゃないですか。お代はなくて構いませんよ」

「いいえ。今のは完全に霊能事務所としての仕事内容でしたよね？　そのあたりはしっかりしないと」

「じゃあ貸し一つってことで、どうですか」

お代の受け取りを固辞する紫王に、椋は息を漏らして笑う。

「その方が怖いな」

「僕もその方が、今後何かと助かることがありそうなのでね。椋さんほど有能な霊能力者なんて、ほとんどいないんですから」

紫王が歌うように言いながら、二人を見送るために立ち上がる。無理やりお代を押し付けることもできずに、椋は頷く。

「では、お言葉に甘えて。そうします」

「甘えるというか、僕に都合のいいようにしてもらっただけですけどね。得しました」

付け加えられた言葉に椋は苦笑すると、いつものように広斗に腕を借りて、霊能事務所を後にする。

「椋さん、広斗さん。また楽しい現場でお会いしましょうね」

背後から、明るい紫王の声がかけられた。

5

白峰荘での捜査から、十日が経過した日の夕方。

椋は、リビングに置かれたソファで横になって午睡をとっていた。紫王には『また現場で会おう』と言われたが、その約束はまだ果たされていない。

外部パートナーである椋と紫王が捜査に駆り出されるのは、一般の警察による捜査の中で、霊能捜査が必要だと判断されたときに限られる。

そんな特殊な事件が発生することは元々不規則であることに加え、『城之内家殺人事件』と『白峰荘殺人事件』の犯人を立て続けに捕まえた結果、異能係に所属する刑事たちの手が埋まってしまったという理由も重なって、真崎から呼び出しの電話はない。

椋はこのところ、穏やかそのものの日常を過ごしている。

ゴールデンウィークが終わって数日経てば、世間からも浮ついた様子はなくなり、人々はすっかり元の生活に戻っている。会社員である広斗も例外ではなく、相変わらず毎日忙しそうに勤務していた。

病院で椋に語ったように、広斗の中での覚悟が決まったことで、会社での広斗の評価は短期間のうちに上がっていく一方である。

開け放っている窓からは、レースのカーテンを揺らす穏やかな風が吹き込む。夕方になり、外気温はだいぶ下がってきたが、室内は初夏らしい心地よい温度を保っていた。

椋はソファの上で寝返りを打つと、小さく息を漏らした。椋の目元はいつものように黒い目隠しで覆われているが、穏やかな寝顔をしていることはわかる。

椋は、家族の夢を見ていた。

それは、椋がまだ小学生だった頃のこと。テレビを見ながらこのリビングで待っていると、キッチンからは甘い香りが漂ってくる。しばらくして父親が合流し、キッチンにいた梓と母親が、焼きたてのクッキーをローテーブルの上に出してくれるのだ。星やハートといった可愛らしい型で抜かれ、色々なトッピングがされた手作りのクッキーはとても美味しかった。椋があっという間に食べてしまうと、梓は自分の分もわけてくれた。

あんまり食べたら夕飯が入らなくなっちゃうと心配する母親に、梓が、椋は成長期だから食べられるよねと、庇《かば》うように言い添える。

梓から伸ばされた手が嬉しくて、椋は自分からも頭を出して、優しい姉に頭を撫でてもらった。

椋は甘えん坊でいけないと言う父親も笑っていて、こんなに美味しいクッキーは絶対にやらんと冗談を口にし、クッキーの作り手である梓と母親を喜ばせる。

玄関へと続くドアの下の隙間から、ゆっくりと血が滲んでくる。その異常を見ないようにして、椋はただただ幸せな家族との時間を噛み締めていた。

不意に、柔らかいものが体を包んだ。

椋の意識が浮上する。

「……広斗？」

夢の中で頭を撫でられていたせいで『姉ちゃん』と呼びそうになって、一呼吸飲み込んでから、そうであろう名前を呼ぶ。

するとのりの思っていたとおり、すぐ近くから広斗の、穏やかで低めの声がした。

「あ。すみません、起こしてしまいましたか？　冷えてきたので、風邪をひくといけないと思って」

ソファに横になっていた椋の体には、ブランケットがかけられていた。

椋は柔らかいブランケットの表面を撫でて、自分を眠りから引き戻したのは、それを広斗にかけられたときの感触だったのだと理解する。

「いや、ありがとう。それに、ちょうどよかったよ」

夢の中でドアの下から滲んできていた血を、椋は視界の端にとらえていた。あのまま夢を見続けていたら、悲惨な光景を目の当たりにしていたかもしれない。幸せな夢を幸せなままで終われたのは、珍しいことだった。

椋は起き上がると、かけてもらったブランケットを膝に乗せ、ソファに座ったまま軽く腕を上げて体を伸ばす。

「んーっ……おかえり、広斗。俺、そんなに長く寝てたか」

「ただいま。大丈夫、まだ夕方の五時ですよ。先方の都合でリスケがあって、今日はたまたま早く帰れたんです」

「リスケ？」

「あ。向こうの都合で予定が変更されたってことです」

「そうだったのか。お疲れさま」

椋からの労いの言葉に、広斗は穏やかに微笑む。数日前に抜糸が済み、頭部に巻いていた包帯も外れている。

「もうお腹空いてますか？　椋さんが良ければ、今日は久しぶりに時間かけて料理してしまおうかなって、いろいろ食材買ってきました。たっぷり煮込みたいので、できあがるのは八時ごろになっちゃうと思います。渾身の力を込めてビーフシチューにしようと思ってるんですけど、早く食べたいなら別のものも作れますよ」

せっかく早上がりしてきたというのに、広斗は早速、家事をすることを考えている。

椋は小さく笑った。

「お腹はまだ空いてないから、時間をかけてもらっても構わない。ただ、せっかく早く帰れたんだから、自分のために時間を使った方がいいんじゃないかと思うんだが」

「のんびり料理できることが、俺には嬉しいんですよ。じゃあ、早速調理に取りかかっちゃいますね」

言葉どおり、広斗は嬉しそうに軽い足取りで移動していく。椋は視覚ではなく、聴覚で上機嫌な広斗の様子を感じ取った。

しばらくして、キッチンからは調理をはじめる物音が響いてくる。

キッチンは、さっきまで見ていた夢の中で、母親と梓がいた場所だ。その空白を埋めるように、今は広斗がいる。

椋はソファから立ち上がると、広斗の後を追った。

「椋さん、どうかしましたか？」

牛すじ肉を鍋に入れ、アクをとるために素茹《ゆ》でしていた広斗が足音を聞いて振り向く。

「しばらくここで、調理している音を聞いていてもいいか」

「もちろんいいですよ。椋さんが側にいてくれるの、嬉しいです」

「何も手伝わないんだけどな」

「いてくれるだけでいいんですよ」

アイランドキッチンの、カウンターに面して置かれている椅子に椋が腰掛ける様子を見て広斗は微笑み、調理に戻る。

長ねぎ・にんじん・生姜を取り出すと、それぞれの皮を剥《む》いたり切ったりと、食材に合わせた下処理を手際よく進めていく。リズミカルな包丁の音が小気味良いと椋は思った。

そうこうしている間に、牛すじ肉のアク抜きが終わる。

広斗は牛すじ肉を鍋から出し、流水でアクを洗うと、一口大の大きさに切る。再度鍋を用意し、牛すじと長ねぎの青い部分・にんじんの皮・生姜・酒を加えて煮はじめた。

煮ると言っても、これは本格的なシチューの煮込みではなく、あくまで牛すじ肉の下処理である。次の工程に移るまでの時間を計《はか》るため、キッチンタイマーをセットする。

調理を続けながら、広斗はおもむろに口を開く。

「実は、今日は日中も時間があったので、エンジニア職の先輩に、ＤＤＷのことについて聞いてたんです」

「ＤＤＷって、匿名で情報交換とか？　が行われているネット上の場所、だったか」

これまでの人生で、インターネットという存在にほぼほぼ触れてこなかった椋にとっては、ＤＤＷは口頭で説明されてもいまいち理解できないものだ。理解度としては、真崎よりも格段に下である。

「はい。先輩に確認してもらったら、たしかに異能係の様子を観察したり調べたりしている人が一定数いて、情報が出回っているらしいです。椋さんのお姉さんについての噂も、確認できました。色々な人の間で話に尾鰭《おひれ》がついて噂ができあがったわけじゃなくて、関係者らしき一人の発言が元みたいでした」

広斗の表情は苦々しいものになっているが、話しながらも手は止めない。玉ねぎを櫛形切りにし、じゃがいもを大きめに切って水にさらし、トマトを湯むきしてサイコロ状にカットする。

「そうか」

興味がなさそうにも見えるほど、相槌を打つ椋の表情は変わらない。

「先輩にも、情報を削除できないのか聞いてみたんですが、正規の方法だとやっぱり難しいみたいでした。仮に警察が入ったとしても、どうにもならない部分があるみたいです。力不足で、すみません」

「広斗が謝ることは何もないだろう」

「そうかもしれないんですけど、やっぱり、本当はどうにかしたいです」

広斗の声には、強い悔しさが滲んでいる。

「公に残ってる記録も俺なりに調べてみたんですが、合窪敏樹は逮捕後から死刑執行までの間ずっと黙秘を続けているので、誰かが勝手に噂を流したはずなんです」

――そう。合窪敏樹、つまり『霧生家惨殺事件』の犯人には、すでに死刑が執行されている。

被告人が弁護士に対しても黙秘を貫いたために罪を認めていると判断されたこと、上訴が行われなかったこと、遺族であり未成年だった椋への配慮などがあって、椋が裁判で証言を求められたことはない。椋は結局、一度も裁判には足を運ばなかったのだ。

合窪敏樹の死刑が執行されたという話を知ったのは三年前。椋は、検察庁からの被害者遺族に対する通知文書を受け取っていた。

憎むべき犯人がこの世からいなくなったことを知ったとき、椋はたしかに心のどこかが安らいだ感覚がした。もうあの男が家にやってくる事はないのだという安堵もあった。しかし、犯人が死んだところで、椋の負ったトラウマは癒えず、家族を失った悲しみはなくならなかった。

「また時間ができたときに、噂の発信源がどこなのかを調べてみます。合窪敏樹が痴漢をしていたことまでは事実と合っているので、絞れるとは思うんですよね。突き止められたら、次にできることもあるかもしれません」

「次にできることって？」

「えっと、名誉毀損で訴えるとか？」

食材すべての下処理を終えた広斗の言葉に、椋は薄く息を漏らす。

「広斗、そんなことはしなくていい」

「でも……」

言葉を返そうとした広斗を、椋はゆっくりと首を横に振って留める。

「関係のない人間に何を言われようが、かまわない。ネット？　で噂になっているだけなら、見なければ済む話だし、実害も出てないしな。流石に、そこからの情報で実際に何か危ないことがあったら対処しないといけないが、そういうことがあったら真崎さんたちに相談しよう」

考え込むようにしばし間があいたが、広斗の表情は曇ったままだ。

「俺はどうしても、椋さんのお姉さんが悪く言われてるのが、許せないです」

「姉ちゃんの代わりに怒ってくれてありがとう。俺だって、そう思う気持ちもある。でも、どんなことにだって違う意見を言う人はいる。きっと、すべての人間から好意的に見られることなんてできないから、際限がないし」

椋の言葉の途中でキッチンタイマーが鳴った。広斗はアラームを止め、下処理を済ませた牛すじ肉を取り出し、鍋に牛すじ肉・茹《ゆ》で汁・赤ワイン・トマトを入れて再び煮はじめる。

「すみません、話を遮っちゃって」

「いや、構わない。もうこんな話もしなくていいんだ。広斗にはこうやって、好きなことに時間を使って欲しい。遊びに行ったり、他の趣味を見つけたりするのもいいとは思うが……広斗がじっくり料理をしてくれると、俺も美味しい思いができる」

椋はそう言うと、ふわりと微笑んだ。

「渾身のビーフシチュー、楽しみだな。ちょっといい匂いがしてきた」

つられたように、広斗の顔にも笑みが戻ってくる。

「下処理はしたんですが、追加で出てくるアクを取りながら、ここからさらにコトコト煮込んでいきますよ。調理、進めちゃいますね」

宣言をしてから、フライパンにバターを入れて熱し、玉ねぎ・にんじん・じゃがいもを入れて炒める。広斗は言葉どおりに都度鍋のアクを取りながらその作業を進め、十分煮えた鍋に炒めた具材を合わせると、さらにデミグラスソースと塩を加え、野菜のすべてが柔らかくなるまでコトコトと煮込む。

その間に、椋と広斗は久しぶりにのんびりとした会話をした。

広斗の仕事のこと、会社の人のこと、椋が日中にしていたこと、最近の心地よい気候について、これからの予定、二人の面白い昔話。そうして椋と話していると、余計なことを考える必要がないことに広斗は気が付いた。

テーブルにランチョンマットとカトラリーをセットし、コップに水を汲《く》み、バゲットを用意する。

できあがったビーフシチューを皿に盛り付け、彩るように生クリームをかければできあがりだ。テーブルに皿を運び、いつものように向かい合って座ると、二人揃って手を合わせる。

「いただきます」

「いただきます」

声を揃え、椋は広斗よりも先に、スプーンでシチューを掬《すく》う。

口の中いっぱいに、幸福の味が広がった。

一生かけてお前を守る

多くの人々があやかしの血を引く時代。猫又族の東條《とうじょう》家の長女、霞《かすみ》は妹の雅《みやび》とともに平穏な日々を送っていた。そんなある日、雅に縁談が舞い込む。お相手は絶対的権力を持つ鬼族の次期当主、鬼《き》灯《とう》蓮《れん》。逆らえない要求に両親は泣く泣く縁談を受け入れるが、「雅の代わりに私がお嫁に行くわ!」と霞は妹を守るために、自分が生贄として鬼灯家に嫁ぐことに。そんな彼女を待っていたのは、絶世の美青年で——!? 政略結婚からはじまる、溺愛シンデレラストーリー。

定価:770円(10%税込み) ISBN:978-4-434-34172-4

Illustration白谷ゆう

Nekosawa Hutayo
ねこ沢ふたよ
拾ったのが本当に
猫かは疑わしい
アルファポリス
第6回ライト文芸大賞
大賞
受賞作
道端で拾ったのは、
喋る猫モドキでした。
晩酌大好き
へりくつ
オヤジっぽい
でも……
たまに頼りになる？

ねこ沢ふたよ
拾ったのが本当に
猫かは疑わしい
晩酌大好き
へりくつ
オヤジっぽい
でも……
たまに頼りになる？
道端で拾ったのは、喋る猫モドキでした。

迦国あやかし後宮譚《かのくにあやかしこうきゅうたん》
1~4
著 シアノ
皇帝が選んだのはあやかし憑きの少女!?
アルファポリス
第13回
恋愛小説大賞
編集部賞
受賞作
迦国あやかし後宮譚
シアノ
4
妾腹の生まれのため義母から疎まれ、厳しい生活を強いられている莉珠《りじゅ》。なんとかこの状況から抜け出したいと考えた彼女は、後宮の宮女になるべく家を出ることに。ところがなんと宮女を飛び越して、皇帝の妃に選ばれてしまった！　そのうえ後宮には妖《あやかし》たちが驚くほどたくさんいて……
◉1～3巻定価：726円（10%税込み）
4巻定価：770円（10%税込み）
◉Illustration：ボーダー

この作品に対する皆様のご意見・ご感想をお待ちしております。

おハガキ・お手紙は以下の宛先にお送りください。

【宛先】

〒150-6019 東京都渋谷区恵比寿 4-20-3 恵比寿ｶﾞｰﾃﾞﾝﾌﾟﾚｲｽﾀﾜｰ 19F
（株）アルファポリス　書籍感想係

メールフォームでのご意見・ご感想は右のＱＲコードから、
あるいは以下のワードで検索をかけてください。

アルファポリス　書籍の感想　検索

ご感想はこちらから

アルファポリス文庫

異能捜査員《いのうそうさいん》・霧生椋《きりゅうりょう》 2
- 白峰荘《しらみねそう》の人体《じんたい》 消失《しょうしつ》 -

三石成（みついし せい）

2024年 7月 25日初版発行

編　集－本丸菜々
編集長－倉持真理
発行者－梶本雄介
発行所－株式会社アルファポリス
〒150-6019 東京都渋谷区恵比寿4-20-3 恵比寿ｶﾞｰﾃﾞﾝﾌﾟﾚｲｽﾀﾜｰ19F
TEL 03-6277-1601（営業）　03-6277-1602（編集）
URL https://www.alphapolis.co.jp/
発売元－株式会社星雲社（共同出版社・流通責任出版社）
〒112-0005 東京都文京区水道1-3-30
TEL 03-3868-3275
装丁イラスト－くにみつ
装丁デザイン－金魚HOUSE（飛弾野由佳）
印刷－中央精版印刷株式会社

価格はカバーに表示されてあります。

落丁乱丁の場合はアルファポリスまでご連絡ください。

送料は小社負担でお取り替えします。


ISBN978-4-434-34174-8 C0193